LE TEMPS SE GATE A ZAKOPANE

Liste alphabétique complète des

Romans d'Exbrayat

(Masque et Club des Masques)

	Masque	Club des masques
Aimez-vous la pizza?	700	55
Amour et sparadrap	680	21
Les amoureux de Léningrad	1061	157
Les amours auvergnates	1001	506
Au " Trois Cassoulets "	1154	229
Avanti la musica	715	43
La balade de Jenny Plumpett	1481	
Barthélemy et sa colère	854	354
La belle Véronaise	1210	268
Les blondes et papa	727	126
Bye, bye, chérie	1330	562
Caroline sur son banc	1556	
Ce mort que nul n'aimait	625	133
Ces sacrées Florentines	1046	147
C'est pas Dieu possible	1308	544
Cet imbécile de Ludovic	674	85
Chant funèbre pour un gitan	1012	145
Le château des amours mortes	1608	595
Chewing-gum et spaghetti	665	12
Chianti et Coca Cola	897	33
Le clan Morembert	1098	520
Le colonel est retourné chez lui	875	170
Les dames du Creusot	904	398
Le dernier des salauds	958	454
Des amours compliquées	1457	591
Des demoiselles imprudentes	721	369
Des filles si tranquilles	1123	528
Deux enfants tristes	1423	555
Dors tranquille, Katherine	762	286
Les douceurs provinciales	1744	51
Elle avait trop de mémoire	583	27
En souvenir d'Alice	1469	564
Encore vous, Imogène?	753	118
Espion où es-tu? M'entends-tu?	1761	98
Et qu'ça saute!	1750	106
Félicité de la Croix-Rousse	1033	215
Les fiançailles d'Imogène	1176	197
Les filles de Folignazzaro	797	360
Fini de rire, fillette	1512	568
La haine est ma compagne	1634	593
L'honneur de Barberine	1741	
La honte de la famille	831	478

	Masque	Club des masques
Il faut chanter, Isabelle	992	498
Imogène est de retour	706	110
Imogène et la veuve blanche	1406	572
Imogène, vous êtes impossible	801	140
L'inspecteur mourra seul	638	19
J'aimais bien Rowena	1345	575
Joyeux Noël, Tony	1768	63
Ma belle Irlandaise	1719	
Mandolines et barbouzes	1805	80
Marie de nos vingt ans	1380	
Méfie-toi, Gone!	741	67
Les menteuses	1141	223
Les messieurs de Delft	839	312
Mets tes pantoufles, Romeo	1713	597
Mortimer, comment osez-vous?	969	294
Ne vous fâchez pas, Imogène	647	75
Le nez dans la luzerne	1597	
Notre Imogène	1070	165
La nuit de Santa Cruz	592	378
Olé! toréro	788	303
On se reverra, petite	824	47
Le petit fantôme de Canterbury	1392	
La petite fille à la fenêtre	1188	239
Plaies et bosses	919	59
Le plus beau des Bersagliers	779	88
La plus jolie des garces	1728	
Porridge et polenta	1291	345
Pour Belinda	975	393
Pour ses beaux yeux	1167	537
Pourquoi tuer le pépé?	1220	256
Le quadrille de Bologne	1821	102
Quand Mario reviendra	1240	318
Quel gâchis, inspecteur	814	39
Qui veut affoler Martine?	1278	336
Le quintette de Bergame	978	181
Le sage de Sauvenat	1667	
Sainte Crapule	1256	327
Le temps se gâte à Zakopane	1837	92
Ton amour et ma jeunesse	1227	247
Tout le monde l'aimait	1086	205
Trahisons en tout genre	1566	
Tu n'aurais pas dû, Marguerite	1430	585
Un bien bel homme	1116	277
Un cœur d'artichaut	1536	487
Un garçon sans malice	1782	
Un joli petit coin pour mourir	1020	190
Une brune aux yeux bleus	935	71
Une petite morte de rien du tout	893	414
Une ravissante idiote	1826	114
Une vieille tendresse	1645	
Vous auriez pas vu la Jeanne, des fois?	1755	
Vous manquez de tenue, Archibald	872	384
Vous souvenez-vous de Paco?	616	5
Le voyage inutile	925	441

EXBRAYAT

LE TEMPS SE GATE A ZAKOPANE

LIBRAIRIE DES CHAMPS-ÉLYSÉES

PROLOGUE

Roy Farmouth se leva un peu plus tôt que de coutume, étant convoqué au bureau de son chef à dix heures. Intrigué par cette convocation, Roy, qui se croyait presque à la retraite, se demandait ce que pouvait bien lui vouloir Harry Crocet qui, durant des années, l'avait envoyé narguer la mort sous toutes les latitudes. Farmouth appartenait depuis longtemps au M. I. 5 et s'était courageusement battu pour l'intérêt de la chère vieille Angleterre. Il ne se sentait nullement las et l'âge ne paraissait pas avoir prise sur lui. A quarante-cinq ans, il s'estimait aussi fort qu'à vingt-cinq, sinon plus endurant.

Cependant, si la forme physique de Roy ne subissait aucun changement, il n'en était pas de même de son moral. L'aventure ne l'intéressait plus. Souvent, il se mettait à regretter de ne pas avoir de foyer et il imaginait les douceurs de ce qu'il avait toujours hautement méprisé : la compagnie d'une femme qui l'aimerait et qu'il aimerait, des gosses... Farmouth vieillissait. Ses chefs s'en étaient aperçus et le laissaient tranquille, l'occupant à des travaux administratifs où son âge, d'ailleurs, lui assurait une place qui n'avait rien d'humiliant. Ainsi, Roy s'engourdissait dans un traintrain quotidien lorsque l'appel de Harry Crocet l'arracha à sa torpeur.

Après s'être livré à la gymnastique quotidienne qui le tenait en forme, Farmouth absorba un solide breakfast et, quittant la chambre meublée qu'il occupait depuis trente ans dans le paisible quartier de Queens Gate, il s'en fut à pied, la marche ayant le pouvoir de calmer ses nerfs — quand d'aventure quelque chose le préoccupait — et de lui rendre cette impassibilité dont le bon agent secret doit faire preuve en toute occasion.

Mai commençait et Roy résolut de gagner en se promenant le quartier des ministères où, tapi dans son bureau secret comme une tombe pharaonique, Harry Crocet l'attendait. L'air était frais, toutefois un pâle soleil donnait aux Londoniens l'illusion qu'ils pouvaient comprendre ce à quoi ressemblait le printemps... ailleurs. Farmouth aimait son quartier dont il connaissait la plupart des commerçants et ce depuis des générations. Il retrouvait dans les traits du vendeur de journaux de Cromwell Place, ceux de son père, un magnifique ivrogne ayant résisté pendant près de cinquante ans au lent travail de sape des whiskies et gins de mauvaise qualité. Dans Pont Street, il n'oubliait pas de saluer une nonagénaire marchande de bonbons et tabacs dont il avait été le client attitré dans sa prime jeunesse. En traversant le quartier Belgravia, il ne manquait jamais de passer par Eccleston Square où, jadis, habitait Molly, la première fille dont Roy était tombé amoureux. Elle avait huit ans et lui, onze. En bon Anglais, Farmouth éprouvait un sentiment de confiance absolue dans les destinées de son pays en longeant le Palais de Buckingham et, lorsqu'il entrait dans St Jame's Park, il ne pouvait s'empêcher de songer — avec un brin de mélancolie — à Pearl, fréquentée pendant près de trois années et que souvent il avait attendue sur un banc de ce jardin. Si le démon de l'aventure n'avait soudainement empoigné Roy, il serait, sans doute, le mari de Pearl et aurait de grands enfants... L'agent secret se secoua. A chaque fois qu'il s'engageait dans les allées de St James's Park, il lui arrivait la même chose : pas plutôt la grille franchie, une ombre jadis beaucoup aimée se rangeait à ses côtés et l'accompagnait. Alors, Farmouth forçait l'allure pour échapper à un envoûtement mélancolique dont il ne parvenait pas à se détacher complètement malgré le temps écoulé. Remontant vers le bureau de Harry Grocet, Roy remontait le cours de sa vie.

Lorsque Farmouth entra dans le bureau de Crocet, ce dernier le reçut comme s'ils venaient de se quitter.

— Alors, Roy, quelles nouvelles ?

— Vous ne m'avez guère donné l'occasion de vous en apporter de bien fraîches depuis quelques mois, sir.

— Est-ce que cela vous a tellement ennuyé ?

— Non, sir. Je sais que je suis fini. Il me déplaît simplement de constater que d'autres s'en soient rendu compte aussi vite que moi...

— Ne soyez pas amer, Roy. Vous avez bien fait tout ce qui vous a été confié et nous vous en sommes reconnaissants. Vous pouvez encore nous rendre de grands, de très grands services, car nous entendons bien utiliser votre expérience et si vous voulez mon avis, je suis convaincu que, le cas échéant, vous pourriez repartir pour une mission que nul autre que vous ne serait susceptible de remplir.

— J'en suis moins sûr que vous, sir.

Il y eut un court silence pendant lequel Harry Crocet examina son agent, avant de reprendre :

— Roy, je vous ai prié de venir me voir car je souhaiterais vous lire une belle histoire...

— Une histoire ?

— Etes-vous romantique, Roy ?

— Ce n'est guère indiqué dans notre métier, sir, mais, maintenant, à mes moments perdus...

— Alors, vous aimerez mon histoire. Installez-vous confortablement, fumez et ne m'en veuillez pas si ma diction ne vaut pas celle de sir Laurence Olivier.

Tout en parlant, Harry Crocet avait sorti quelques feuillets de son tiroir.

— Prêt, Roy ?

— Prêt, sir.

— Ecoutez donc...

Et sir Harry Crocet entama sa lecture.

« Bien que né à Berne de parents bernois, Aloïs Werner était de complexion amoureuse. Héritier de banquiers n'ayant jamais su faire autre chose que gagner de l'argent, Aloïs succéda à son père à la tête de la banque Werner dont il possédait les deux tiers des actions. Doué d'un solide bon sens — du moins lorsque l'amour ne lui brouillait point le jugement — il estima très vite et fort sagement que la banque pouvait très bien se passer de lui. Il en remit donc la direction à son ami Max Krulkamp et se contenta de vivre à Berne, enfoui dans des habitudes lui devenant chaque jour plus chères. Toutefois, bien qu'ennemi des voyages — où goûter ailleurs qu'en Suisse cette tranquillité qu'Aloïs mettait au-dessus de tout ? — chaque année, pendant trois mois, Werner se rendait en Pologne pour y chercher Elzbieta Obkowiska.

Personne, chez les Werner, ne parlait jamais d'Elzbieta Obkowiska, bien que tout le monde fût au courant de l'histoire. A vrai dire, rares étaient les membres de la famille qui se souvenaient de cette belle fille venue passer trois années à Berne chez l'ambassadeur de Pologne en qualité de gouvernante. Cela remontait à quelque vingt ans et les plus sagaces estimaient que si cette Elzbieta vivait encore, elle devait avoir dépassé la quarantaine. Mais, têtu, ne se laissant rebuter par rien, Werner poursuivait sa quête passionnée. »

« Les enfants des diplomates ont la permission de fréquenter, de jouer, voire de flirter avec les enfants des banquiers. On est entre gens du même monde. C'est pourquoi, un matin de printemps de 1936, Aloïs, venant chercher Zygmunt, le fils aîné de l'ambassadeur polonais, dans l'hôtel occupé par ses parents, se heurta à Elzbieta qui dirigeait l'éducation de Waclaw et d'Alina, les cadets de Zygmunt. Du moment qu'il la vit, Werner devint amoureux de la ravissante Polonaise. Elzbieta avait une année de moins qu'Aloïs et ce dernier résolut, sur-le-champ, d'en faire sa femme. Pas tout de suite, bien sûr, car il ne comptait que dix-huit ans et ses parents eussent sans aucun doute considéré d'un très mauvais œil l'éventualité d'une union de leur fils avec une demoiselle sans fortune et qui, de surcroît, parlait une langue incompréhensible. Pour être digne de celle qu'il chérissait encore en secret, Aloïs se jeta dans l'étude du polonais. On mit cette lubie sur le compte de son amitié pour Zygmunt et ce d'autant plus que ce dernier accepta de lui donner des leçons.

« Werner junior se rua littéralement à l'assaut de la langue polonaise dont, à la surprise générale, il enleva en un temps record les premières et difficiles défenses. L'année suivante, le départ de Zygmunt pour Varsovie afin d'y accomplir son service militaire, ne ralentit point le zèle du studieux Aloïs et quand, au bout de deux ans, le fils de l'ambassadeur revint à Berne, il y fut accueilli par un Werner qui s'exprimait à peu près aussi facilement que lui en polonais. Or, Aloïs avait décidé d'attendre et ses vingt et un ans et le retour de Zygmunt — événements qui coïncidèrent dans le temps — pour avouer sa flamme à Elzbieta toujours aussi belle et toujours aussi loin de se douter de la passion suscitée.

« On était dans l'été de 1939 et l'Europe se couvrait de nuages menaçants, mais Aloïs, trop préoccupé de ses amours, ne prenait pas garde à la politique. Un soir de juillet, ayant entraîné Zygmunt dans le bar où les deux jeunes gens avaient leurs habitudes, Werner s'ouvrit de son secret à son camarade qui crut d'abord à une plaisanterie ; puis, une fois persuadé de la sincérité de son ami, le Polonais évoqua tout ce qui pouvait mettre obstacle au bonheur souhaité par Werner, mais ce dernier, entêté, ne voulait rien entendre. Quelque peu impressionné par cet amour farouche, Zygmunt accepta d'en parler à Elzbieta. Mais lorsque le Polonais regagna l'hôtel de ses parents, il eut juste le temps d'embrasser Elzbieta, rappelée d'urgence à Varsovie par la maladie de son père. Werner encaissa ce coup du sort avec cet entêtement qu'admirait Zygmunt et il déclara que dès la semaine prochaine il partirait pour Varsovie et son camarade, enthousiasmé, lui proposa de l'accompagner pour plaider sa cause auprès d'Elzbieta. Ni l'un, ni l'autre ne comptait avec Adolf Hitler. »

Un peu abasourdi, Roy Farmouth avait écouté avec curiosité d'abord, avec stupéfaction ensuite, se demandant à quoi pouvait bien rimer cette lecture d'une histoire semblant extraite de la presse du cœur. S'il n'avait connu Crocet, il aurait cru à une plaisanterie dont le sens lui échappait. Profitant de ce que le lecteur reprenait haleine, il questionna :

— C'est de vous, sir ?

Crocet consentit à rire.

— Votre question m'honore, Roy. Mais non, hélas ! je ne suis pas doué pour ce genre de choses. L'aventure d'Aloïs et d'Elzbieta a été rédigée par un maître en la matière. Vous savez que nous ne lésinons jamais ici, sauf sur les frais de nos agents, bien entendu. Ceci pour vous éviter une remarque facile. Sur ce, je vous prie de continuer à me prêter une oreille attentive...

« Avant qu'Aloïs ait eu le temps de boucler ses valises, la Pologne mobilisait. Tandis que Zygmunt rejoignait son régiment à Poznan, sa famille regagna la mère patrie et Werner resta seul. L'invasion de la Pologne le fit pleurer car, au-delà des batailles et de leurs conséquences internationales, il voyait Elzbieta fuyant sous les bombes des stukas où livrée aux soudards conquérants. Il sut par la Croix-Rouge la mort de Zygmunt, tué dès les premiers combats avec les avant-gardes allemandes et, pendant cinq ans, Aloïs suivit, jour après jour, le martyre du pays qu'il aimait. Un instant, les siens craignirent pour sa santé, mais son merveilleux équilibre helvétique le préserva des excès du désespoir et, patiemment, il attendit, la paix revenue, le moment où il pourrait, enfin, partir à la recherche d'Elzbieta. Son attente dura dix ans. Ce ne fut, en effet, qu'en 1951 qu'il obtint la permission de se rendre en Pologne.

« Dans Varsovie, commençant à se relever de ses ruines, on lui apprit qu'après la mort de M. Obkowiski, ces dames étaient parties on ne savait où. Werner mit deux saisons à explorer méthodiquement la capitale polonaise, puis, se rappelant qu'Elzbieta comptait des parents dans le nord, il visita la côte de la Baltique. Après, il fouilla la région des lacs Mazuriques, s'attaqua ensuite à la province de Poznan. En 1955, il abandonna la Pologne septentrionale pour Lodz. L'année suivante, il s'installa à Lublin. Parlant le polonais comme un autochtone, en 1957, il rayonna autour de Czestochova — oubliant qu'il était huguenot — pour prier la Vierge Noire de l'aider à retrouver celle qu'il aimait d'un amour contre lequel le temps s'effritait. En 1958, il mena ses premières investigations à Cracovie.

« Depuis, il a rôdé, tourné, fureté, interrogé autour de Wroclaw, de Radom pour remonter, finalement, sur Varsovie. En vain. »

Harry Crocet posa délicatement le feuillet qu'il venait de lire sur les autres avant de demander :

— Alors, Roy, qu'est-ce que vous en pensez ?

— Assez émouvant.

— N'est-ce pas ?

— Puis-je vous demander si ce Suisse obstiné a retrouvé sa bien-aimée ?

— Ah ! ça, je l'ignore, mais je compte sur vous pour me l'apprendre.

— Sur moi ? Mais comment, diable ?...

— Parce que c'est votre propre histoire que je viens de vous lire, Roy.

Farmouth n'y était plus du tout.

— Je crains de ne pas très bien comprendre, sir ?

— Rien de plus simple, pourtant. A partir de maintenant, vous n'êtes plus Roy Farmouth, agent du M. I. 5, mais Aloïs Werner qui use sa vie à chercher sa Polonaise disparue. C'est la raison pour laquelle vous allez emporter ce manuscrit chez vous, l'apprendre par cœur jusqu'à ce que tout cela soit devenu votre passé. Car cette histoire est vraie. Tous les personnages cités ici ont existé et les circonstances relatées n'ont pas été inventées. On peut prendre des renseignements à Berne, tout le monde y confirmera les faits. La seule chose est que tous les héros de ce joli roman sont morts à l'exception d'Aloïs Werner que nous avons retiré du circuit, d'autant plus qu'ayant admis la disparition définitive d'Elzbieta, tuée dans le massacre de Varsovie, il s'est exilé pour un temps en France. Nous agissons avec son accord. Vous lui ressemblez assez pour tromper la plupart de ceux qui l'ont rencontré et, de plus, vous parlez polonais et connaissez parfaitement la Pologne, n'est-ce pas ?

— Sans doute, puisque j'ai vécu sept ans là-bas.

— Vous voyez que tout s'arrange ? Mettez-vous donc dans la peau de Werner. Vous trouverez chez vous, envoyés par mes soins, tous les renseignements sur la famille et la position sociale de ce Bernois.

Vous avez jusqu'à mercredi pour vous identifier à lui.

— Jusqu'à mercredi ?

— Car ce jour-là, Roy, vous partirez pour Cracovie.

Farmouth était depuis trop longtemps dans les services secrets pour s'étonner plus que de mesure de l'étrangeté des missions qu'on pouvait lui confier. Tout de même, celle-là sortait vraiment de l'ordinaire.

— Et qu'est-ce que je suis censé faire à Cracovie, sir ?

Crocet le regarda avec une feinte surprise :

— Mais chercher celle que vous aimez, Elzbieta Obkowiska. Voyons, Roy, votre recherche d'Elzbieta — recherche connue des autorités polonaises — est la meilleure couverture pour la tâche que vous devez remplir là-bas. On ne se méfie jamais des originaux qui ne craignent point de passer pour tels et au cœur des plus durs, il y a toujours une petite lumière prête à briller sitôt qu'il s'agit d'amours malheureuses et fidèles. Nous savons être sentimentaux au M. I. 5, ne vous en déplaise. Et maintenant, si vous le voulez bien, je vais vous raconter une autre histoire — c'est mon jour — qui, celle-là, vous passionnera, du moins je l'espère. Il était une fois...

— Un conte de fées maintenant, sir ?

— Je ne crois pas que ce soit le terme qui convienne, Roy, mais, je vous en prie, ne m'interrompez plus ou nous ne nous en sortirons jamais. Donc, il était une fois une famille allemande très fortunée qui habitait avant la guerre dans une sorte de château à Colau, en Brandebourg. La fortune terrienne des Löwenberg leur permit de se tenir à l'écart du mouvement nazi et de vivre en une sorte d'exil volontaire. Au moment de la guerre, le chef de famille, Gunther von Löwenberg, ancien officier de cavalerie, presque tout de suite réformé, retourna vivre près de sa femme, la comtesse de Löwenberg, née Sofia Kotlowska — d'esprit un peu simplet — et de sa fille, la belle Hildegarde. Il fallait ajouter au trio le frère de la comtesse, Jan Kotlowski, un élégant bon à rien, vivant aux crochets de son beau-frère dont il est le contemporain.

« Ces Löwenberg échappèrent à la mort lors de l'avance russe, mais furent, naturellement, dépouillés de tous leurs biens. Ils se réfugièrent d'abord à Cottbus où ils essayèrent de ne pas mourir de faim ; puis, par sa femme, le comte obtint le droit d'aller s'établir en Pologne, à Cracovie où la comtesse héritait d'un vieil hôtel depuis toujours dans sa famille et d'un chalet à Zakopane.

« Vous vous doutez bien, Roy, que les Polonais ne firent pas ce cadeau aux Löwenberg pour rien. En échange d'un toit, d'appointements décents, ces anciens seigneurs se mirent au service des Soviets. Sans doute agirent-ils ainsi poussés par d'impérieux besoins d'argent, mais aussi par rancune envers l'Occident qui avait abandonné une partie de l'Allemagne aux Russes et à leurs amis. Par leur rang, par leurs incessantes réceptions, les Löwenberg étaient fort répandus dans tous les milieux et avaient toujours témoigné de sentiments anticommunistes. Nous-mêmes, ne prévoyant pas un retournement possible, nous les avons crus lorsque, fort habilement, ils ont persuadé un de nos agents que, pour eux, la guerre n'était pas terminée et qu'ils entendaient combattre encore. Pour cela, ils se mettaient à notre disposition afin de nous fournir tous les renseignements dont nous pourrions avoir besoin et qu'ils seraient en mesure de se procurer. Nous avons été roulés, Roy. S'ils nous ont apporté, en effet, des renseignements, ce que nous ignorions c'est qu'ils agissaient sur l'ordre des Russes. Longtemps — c'est-à-dire pendant toute l'époque où nous étions en confiance — nos agents comme ceux de la C. I. A. où les Français, voire les Allemands, les contactaient et, les uns après les autres, tombaient dans des souricières. C'est ainsi que, chez nous, John Pluket, Peter Labough et William Pearce ont disparu. Nos alliés ont dû laisser une demi-douzaine d'hommes dans l'affaire. Vous savez aussi bien que moi, Roy, que nous n'encaissons jamais sans essayer de rendre les coups qui nous sont portés. Il faut éliminer ces gens-là que nul ne soupçonne à Cracovie en dehors des milieux intéressés qui les protègent.

— Et c'est sur moi que vous comptez pour cette besogne ?

— La dernière dont nous vous chargerons, Roy.

— Mais pas la plus ragoûtante !

— Nous ne faisons pas un métier ragoûtant, comme vous dites. Les Löwenberg ont une faiblesse : ils aiment l'argent, ils rêvent d'en posséder, d'en accumuler le plus possible pour filer à l'étranger, en Suisse, je pense, ou en Autriche. Cet argent, nous allons, par votre intermédiaire, le faire miroiter à leurs yeux.

— Comment cela ?

— En amoureux obsédé que vous êtes, vous estimerez qu'Hildegarde von Löwenberg ressemble à s'y méprendre à celle dont vous gardez les traits — un peu estompés — dans votre cœur romantique, Elzbieta Obkowiska, et vous demanderez la main d'Hildegarde en offrant de signer, à son profit, une assurance sur votre propre vie de cent mille francs suisses, touchable dès le moment de votre signature. Nous nous sommes arrangés pour que cette fausse assurance soit acceptée par la maison bernoise à laquelle vous vous adresserez et qui attend votre demande pour y faire droit.

— Et alors ?

— Si mes rapports concernant les Löwenberg sont exacts, on fera tout son possible pour vous expédier discrètement dans un monde meilleur. Discrètement parce que nul ne vous soupçonnera d'être des nôtres puisque vous n'aurez aucun contact d'aucune sorte avec nos agents et que personne ne sera averti de votre arrivée. Seul le consul de Suisse pourrait s'intéresser à vous puisque vous êtes Aloïs Werner. Votre mort, pour les Löwenberg, ne pourra passer pour crime sinon — même au cas où la police ne s'en mêlerait pas — l'assurance refuserait de payer.

— Qu'est-ce que je suis supposé faire pendant qu'on attentera à mes jours ?

— Vous défendre en vous montrant aussi habile que ceux voulant votre mort. Nous voulons éliminer Gunther von Löwenberg, sa fille qui a servi d'appât à nos camarades et Jan Kotlowski. Pour la comtesse, nous nous en désintéressons. Si nous avons pensé à vous, c'est évidemment d'abord parce que vous parlez polonais et allemand, ensuite parce que votre âge vous donnera le sang-froid nécessaire pour mener à bien votre mission.

— Je ne pense pas avoir la possibilité de refuser, n'est-ce pas ?

— A moins que vous ne me donniez des raisons valables ?

— Et le côté humain de l'affaire n'est pas une raison valable.

— Evidemment pas.

— Bon... Je partirai mercredi pour ma dernière mission.

— La dernière, Roy, je vous en donne ma parole. Ah ! j'oubliais... Vous trouverez chez vous les biographies de nos agents morts du fait des Löwenberg, cela rendra peut-être votre tâche plus facile, et puis je tiens à vous mettre en garde contre Fräulein von Löwenberg qui est très belle. Je vous signale encore qu'elle est fiancée à un champion de ski de Zakopane, Josef Brankowski, aussi désargenté qu'elle et qui ferait volontiers carrière dans un pays libre. Votre argent de bon Suisse naïf leur apportera la promesse de voir se réaliser leur rêve.

— Et ce Josef... je dois m'en occuper aussi ?

— Non pas. Ce n'est quand même pas une extermination que je vous demande, Roy ! Hildegarde von Löwenberg habite avec ses parents dans l'impasse Na Grodka. Une photo d'elle est jointe à son dossier. Vous la reconnaîtrez facilement. Bonne chance, mon vieux, et montrez à ces salauds qu'on n'assassine pas impunément les gens du M. I. 5...

CHAPITRE PREMIER

Roy Farmouth s'était installé au *Grand Hôtel*, dans la rue Stakowka, au cœur du vieux Cracovie, et avait retrouvé avec plaisir le charme paisible de l'ancienne capitale, épargnée par la guerre. Avant de songer à sa mission, Roy flâna quelques jours dans la ville dont l'atmosphère l'envoûtait et, à mesure que les heures coulaient, ce qu'il avait à faire lui répugnait davantage. Il finissait par en perdre quelque peu le sommeil et, la nuit, étendu sur son lit, il écoutait la trompette qui, d'heure en heure, trouait le silence nocturne pour lancer aux quatre points cardinaux la sonnerie jouée quelques siècles plus tôt par le guetteur surveillant l'approche des Tartares et dont une flèche, en lui traversant la gorge, interrompit brutalement le chant. En souvenir de cette mort légendaire, du haut du clocher de l'église Notre-Dame, deux sonneurs se relayant toutes les douze heures, jettent sur la ville bruyante ou silencieuse le vieil appel qu'ils cessent brusquement à la note même où le guerrier, mortellement atteint, s'arrêta jadis.

Puis Roy se mit à l'ouvrage. Ayant repéré

l'impasse Na Grodka, il se posta en observation de la façon la plus discrète pour ne point éveiller l'attention dans le coin. Au bout de trois jours, il recontra Hildegarde von Löwenberg. Il la reconnut tout de suite tant elle ressemblait à sa photo et la jugea fort belle. Il put établir assez vite l'emploi du temps général — du moins quant à ses sorties et à ses rentrées — d'Hildegarde et, tenant dès lors à se faire remarquer, il repéra le trajet bituellement suivi par la fille du comte von Löwenberg. Farmouth voulait jouer le rôle d'Aloïs Werner afin qu'à l'occasion n'importe qui pût témoigner de son attitude bizarre. Un observateur attentif le voyant errer sans but dans le quartier neuf avoisinant la Barbacane l'eût pris pour un flâneur étranger enclin à la méditation ou ne sachant que faire de sa personne. Un jour qu'Hildegarde von Löwenberg le frôlait, Roy — agissant pour d'hypothétiques spectateurs — mima la stupéfaction, l'incrédulité puis, comme attiré par une force à laquelle il ne pouvait résister, emboîta le pas à l'Allemande, le visage extatique. Il passa derrière elle sous la porte Saint-Florien, feignit deux ou trois fois de vouloir l'aborder et de ne pas oser. Sur ses traces, Roy remonta la rue Florianska, traversa le Vieux Marché, obliqua dans la rue Sienna et glissa à sa suite dans l'impasse Na Grodka. Il rôda un instant devant la porte des Löwenberg, hésita à plusieurs reprises avant de se décider à sonner. Qui pourrait soupçonner un agent secret dans ce maladroit se donnant en spectacle ?

Une jeune fille ne tarda pas à apparaître sur le seuil de la maison. Très jolie, l'œil vif, elle examina le visiteur.

— Vous désirez, monsieur ?

Cependant son sourire s'effaça lorsqu'elle se rendit compte du désarroi bouleversant les traits de cet inconnu. Elle prit peur et esquissa un mouvement de recul, mais le faux Aloïs tendit le bras :

— Non !... Non !...

La servante demanda sèchement :

— A la fin, me direz-vous ce que vous voulez ?

— Ecoutez... la personne qui vient d'entrer ici jute avant moi...

— Mademoiselle ?

Il répéta « Mademoiselle » avec un air si perdu que, prise de pitié, la bonne l'introduisit dans le hall vétuste dont les murs présentaient d'inquiétantes fissures et le pria de s'asseoir sur un fauteuil bancal dont un coussin râpé cachait mal les plaies.

— Là... remettez-vous... Vous semblez pas être un mauvais homme... Vous aimez un peu trop la vodka, hein ?

Roy sursauta :

— La vodka ? Je n'en ai bu qu'une fois et cela m'a suffit !

— Alors, qu'est-ce que vous avez ?

— Celle que vous appelez Mademoiselle...

— Et bien ?

— Qui est-ce ?

Elle le contempla avec des yeux ronds :

— Comment ça, qui c'est ? Mais Mlle Hildegarde, la fille de mes patrons !

— Et qui sont vos patrons ?

— C'est pas possible ! Vous vous moquez de moi ?

— Je vous le jure, Mademoiselle, que...

Amusée, elle l'interrompit :

— Je suis pas une demoiselle, moi. Je ne suis que Grazyna, la femme de chambre et la bonne à tout faire, depuis cinq ans au service de la famille von Löwenberg.

— Est-ce que je pourrais parler à Hildegarde von Löwenberg.

— Qu'est-ce que vous lui voulez ?

— Lui demander de m'épouser.

— De vous... ?

Quand elle fut certaine qu'il ne se fichait pas d'elle, elle lui prit la main :

— Venez avec moi...

Elle l'entraîna sans qu'il opposât la moindre résistance.

Remorqué par la main nerveuse de Grazyna, Farmouth suivit des couloirs où, en dépit de la température printanière, rôdaient des courants d'air glacés. Enfin, la servante l'introduisit dans une cuisine voûtée où une vieille femme à l'ampleur imposante soufflait sur le foyer d'un fourneau dans l'espoir d'empêcher une mince flamme, tremblotant entre de petits copeaux de bois et des bouts de papier, de s'éteindre. L'Anglais et son guide s'immobilisèrent pour ne point troubler l'opération. Le feu se décidant à prendre, la femme, mettant les mains sur ses reins, se redressa avec un grognement. Elle aperçut alors les nouveaux venus et d'une voix rappelant à Roy un sous-officier qui, à l'époque de son service militaire lui avait causé bien des ennuis, s'enquit :

— Qu'est-ce que tu m'amènes là, Grazyna ?

— Un garçon qui a bien besoin d'un remontant, Feliksa !

— Alors, à ce que je vois maintenant, tu ramasses dans la rue ceux qui ont besoin de se retaper ? Tu prends de drôles de manières, si tu veux mon avis, Grazyna !

— Celui-là est venu pour épouser Mlle Hildegarde !

La forte femme examina Roy bouche bée puis, dans un soupir :

— Je te comprends, Grazyna ; je lui prépare un café bien fort...

Exaspéré par cette sollicitude humiliante, Farmouth protesta :

— Je ne suis pas malade !

Outrée, Feliksa vira d'un bloc dans sa direction et l'Anglais pensa aux bateaux sur la Tamise.

— Un homme en bonne santé, qui aurait toute sa tête, ne songerait pas à épouser Hildegarde von Löwenberg !

— Et pourquoi ?

— Pourquoi ? Tu entends, Grazyna ? Il me demande pourquoi, ce malheureux !

Elle avança en tanguant vers lui :

— D'abord parce que je sais des choses qui vous regardent pas, ensuite parce qu'elle a pas un zloty !

— Aucune importance, je suis riche pour deux !

Sur le moment Feliksa faillit s'emporter mais, haussant ses larges épaules, elle se contenta de souligner :

— Je vois bien que vous avez pas tout votre bon

sens. Il y a pas de Polonais qui puisse se dire riche sous le régime que nous subissons...

— C'est que, justement, je ne suis pas polonais !

La cuisinière reposa avec fracas la cafetière qu'elle brandissait d'une poigne solide :

— Vous êtes pas polonais ? Vous parlez rudement bien notre langue pourtant...

Avec un halètement de fureur, elle chuchota tout en fermant ses énormes poings :

— Si vous êtes encore un Allemand, fichez vite le camp avant que je vous jette dehors !

— Rassurez-vous, je ne suis pas allemand.

— Ah ?...

Sans avoir l'air de rien, Feliksa mit les doigts sur le hachoir qui traînait à sa portée tout en disant d'une voix dont la fausse douceur ne laissait rien présager de bon :

— Vous seriez pas russe, des fois ?

— Pas davantage ! J'ai l'honneur d'être citoyen helvétique et je m'appelle Aloïs Werner.

Son élan coupé, la cuisinière s'ébroua tout en mâchant et remâchant la réponse :

— Citoyen helvétique ?... Citoyen helvétique ?... Tu connais ça, toi, Grazyna ?

— Non.

Aloïs fournit alors les précisions nécessaires à la continuation du dialogue :

— Suisse, si vous préférez.

Elles se détendirent. La cuisinière remit la cafetière sur le feu tout en déclarant :

— J'aime mieux ça... La Suisse, c'est un bon pays... Mais pourquoi, par saint Kazimir, voulez-vous épouser Hildegarde von Löwenberg ?

— Parce qu'elle ressemble à Elzbieta Obkowiska.

— Qui c'est encore celle-là ?

Alors, Roy Farmouth, d'une voix émue, narra à ces deux servantes l'histoire de son amour pour la Polonaise disparue. Elles l'écoutèrent, attentives, les âmes simples comprenant toujours les histoires d'amour les plus absurdes, les plus compliquées. Lorsqu'il eut terminé, Grazyna s'essuya les yeux et chuchota avec une touchante conviction :

— Ça, c'est de l'amour !...

Quant à Feliksa, elle cogna du poing sur la table en affirmant enthousiasmée :

— J'aurais pas voulu mourir sans avoir entendu une chose pareille ! Le Seigneur n'a pas encore complètement abandonné Sa Pologne puisque vous êtes venu de si loin pour une de ses filles ! Mais, à présent, vous devriez vite rentrer dans votre pays... Hildegarde von Löwenberg, c'est pas une femme pour vous !

— Elle ressemble à Elzbieta...

D'une toute petite voix, Grazyna intervint :

— Et moi ? Je lui ressemblerais pas, des fois ?

La cuisinière se dressa d'un élan :

— Qu'est-ce que l'Enfant Jésus me permet d'écouter, Grazyna ? Oublierais-tu que tu es fiancée à ce voyou de Wiktor Drabik ?

— Oh ! fiancée... fiancée... c'est vite dit !

— Par sainte Agathe, je te gifle, Grazyna, si tu oses prétendre que c'est pas vrai, alors que j'étais là lorsque tu as répondu oui à ce bon à rien de Wiktor !

Et pour l'édification de Werner, elle crut bon d'expliquer :

— Wiktor est sergent de la Milice à Zakopane où nous allons toujours passer la belle saison. Et puis, écoute-moi bien, Grazyna, même que tu ressemblerais à cette Elzbieta disparue, tu serais toujours qu'une domestique ! Donc, silence et modestie, Grazyna ! Tu as voulu Wiktor, tu auras Wiktor, à moins que le Ciel te prenne en pitié et le fasse trépasser avant qu'il te mène devant le curé. Et puisque celui-là paraît pas vouloir démordre de son idée, va prévenir Hildegarde von Löwenberg qu'un Suisse désire l'épouser.

Dans le salon dont la tapisserie montrait de larges taches d'humidité, Sofia de Löwenberg achevait de prendre le thé en compagnie de son frère, Jan Kotlowski, et de sa fille Hildegarde. Malgré la soixantaine atteinte — et dans de très mauvaises conditions — Sofia ressemblait à une petite fille qui se serait grimée en vieille femme. Elle babillait, minaudait comme au temps où elle tenait le haut du pavé dans le Brandebourg.

Jan, le frère aîné de Sofia, un grand homme maigre, paraissait beaucoup plus que les soixante-deux ans de son état civil. Elégant, distingué, il ne faisait illusion qu'à ceux le voyant pour la première fois. Dès la seconde rencontre, il apparaissait pour ce qu'il était réellement : un mou et un veule. Toute sa vie, il avait vécu aux crochets de quelqu'un, de ses parents d'abord, de son beau-frère ensuite. Aucune révolution ou cataclysme n'aurait pu l'obliger à travailler. Il préférait subsister en parasite, acceptant toutes les humiliations, encaissant toutes les rebuffades, méprisé des servantes comme de leurs maîtres. Il oubliait la fuite du temps en faisant des réussites, son unique distraction. Quant à Hildegarde, une grande belle fille dans l'éclat de ses vingt-huit ans, elle montrait l'allure qu'avait eue son père autrefois lorsqu'il se promenait à cheval sous les regards admiratifs des paysannes qu'il croisait. Les terribles moments vécus depuis 1939 avaient tué la conscience d'Hildegarde. Elle était devenue une sorte de belle et dangereuse bête de proie dont la seule faiblesse s'appelait Josef Brankowski — un garçon de Zakopane, champion de ski — avec lequel elle espérait bien se marier un jour — car il ne nourrissait pas plus de scrupules qu'elle-même — et fuir un pays où une femme comme elle n'avait guère d'avenir.

Sofia racontait pour la millième fois de quelle façon elle faillit être demandée en mariage par un prince italien, rencontré à Venise au cours d'une soirée donnée par un comte hongrois lorsque son frère l'interrompit :

— Vraiment, Sofia, ne pourriez-vous un peu changer votre répertoire ? Il y a plus de trente ans que vous répétez les mêmes sornettes et je vous assure qu'il y a des jours où c'est très difficilement supportable...

La comtesse ne réalisa pas tout de suite combien était grossière et méchante la réflexion de son frère aîné et, les larmes aux yeux, elle resta à regarder Jan et sa fille comme un enfant attendant qu'on lui donne la raison de la punition infligée. De tous ses bons sentiments d'autrefois, un seul avait échappé à la débâcle dans le cœur d'Hildegarde : sa tendresse profonde envers cette mère plus démunie qu'un bébé. Elle ne supportait pas qu'elle ait mal ou qu'on lui fasse mal. Elle en avertit Jan et sur un ton tel que ce dernier pensa qu'il eût été mieux inspiré de se taire :

— Mon oncle, j'espère que vous allez immédiatement présenter vos excuses à maman pour cette plaisanterie de mauvais goût et qui m'étonne de la part d'un homme de votre éducation ?

— Mais, Hildegarde, tu oublies que je me trouvais à Venise également ? Son comte hongrois n'était qu'un restaurateur et son prince italien un gondolier !

— Vous avez perdu la mémoire depuis le temps, mon oncle. Il s'agissait d'un comte et d'un prince. Si vous ne l'admettez pas, c'est que vous n'êtes plus fait pour vivre avec nous...

La menace contenue dans cette dernière réflexion affola Jan Kotlowski ; il se leva en toute hâte pour embrasser la main de sa sœur.

— Pardonnez-moi, Sofia, une gaminerie qui n'est plus de mon âge, mais vous savez que j'ai toujours aimé à vous taquiner ?

Jan n'en était pas à un reniement ou à un désaveu près. Rassérénée, la maîtresse de maison eut un de ces rires dont l'incroyable fraîcheur avait résisté à toutes les vicissitudes, un de ces rires pour lesquels on lui pardonnait tout. Minaudant, elle tapa la joue de son frère qui s'inclinait :

— Vous serez toujours un mauvais sujet, Jan !

Les voyant réconciliés, Hildegarde se leva pour prendre congé. Les Soviétiques du service de contre-espionnage l'attendaient.

Lorsque le frère et la sœur furent seuls, Sofia se lança dans une évocation du passé que Jan écoutait d'une oreille distraite tout en étalant ses cartes et en se demandant ce qu'il pourrait bien encore enlever discrètement de ce salon pour le porter au brocanteur de la rue Bracka. De temps à autre, à intervalles fixes, il poussait en guise d'approbation une sorte de grognement qui donnait à Sofia le sentiment qu'elle était attentivement écoutée. Cela lui suffisait pour se perdre dans des songes l'arrachant à la réalité sordide. Ils s'enfonçaient l'un et l'autre si profondément dans leurs soucis particuliers qu'ils n'entendirent pas frapper et Grazyna, lasse de guetter une réponse qui ne venait pas, entra dans le salon. A sa vue, Sofia s'arrêta net. Très à cheval sur l'étiquette, elle n'acceptait point de sacrifier ses convictions aux mœurs du jour et exigeait que les domestiques gardassent leur distance. Elle prit son ton d'autrefois pour interroger l'importune :

— Quelles sont ces nouvelles manières, ma fille ? Vous entrez sans frapper dans une pièce où l'on ne vous a pas appelée ?

Habituée à ces rebuffades, Grazina expliqua gentiment :

— J'ai frappé à deux reprises, Madame, mais vous m'avez pas entendue.

— Insolente ! Jan ! Cette fille est une insolente !

— Sans aucun doute, Sofia.

En même temps, d'un clignement d'œil, il donnait à la servante la mesure de sa conviction. Heureuse de jouer à la maîtresse de maison, Sofia continuait :

— Allez faire vos paquets ! Vous quitterez ma maison dès ce soir !

— Bien, Madame.

Comme Sofia mettait régulièrement Grazyna à la porte deux ou trois fois par semaine, cet ordre ne troubla pas plus celle qui le recevait que celle qui le donnait ou celui qui en était le témoin. Apaisée par cet acte d'autorité, elle continua :

— Et peut-on savoir ce que vous veniez chercher ici sans y être commandée ?

— Avertir Mlle Hildegarde qu'un homme demandait à la voir.

— Un homme ? Nous le connaissons ?

— Non, Madame, il n'est encore jamais venu.

— Et il a l'audace de prétendre parler à ma fille sans s'être présenté à ses parents et avoir sollicité la permission de l'entretenir ?

Amusé, Jan souriait, se disant que s'il y avait quelqu'un à Cracovie sur qui les théories professées par le camarade Gomulka demeurassent sans le moindre effet, c'était bien sur sa sœur dont l'extraordinaire inconscience la protégeait mieux que n'importe quoi. Il se souvenait de l'ahurissement de ce colonel de l'Armée rouge, ordonnant à la comtesse von Löwenberg d'ouvrir son salon aux officiers soviétiques et à leurs amies allemandes, lorsque Sofia, ingénument, lui demanda :

— Qui représentez-vous exactement, colonel ?

— Mais, Madame, je suis ici au nom de notre génial guide, le camarade Staline !

— Je ne crois pas le connaître. Avant de donner suite à votre demande, vous voudrez bien prier ce Monsieur de venir me présenter ses devoirs.

Le teint du colonel avait tourné au rouge brique. Etranglé par une fureur qui lui coupait le souffle, il ne put que bégayer :

— Vous... vous insultez l'Ar... l'Armée rouge ?

— L'Armée rouge ? Qu'est-ce qu'elle a à faire chez moi, l'Armée rouge ? Nous sommes en Allemagne ici, monsieur ! Et nous n'avons pas pour habitude de recevoir des étrangers, à moins qu'ils n'aient été recommandés par des amis de vieille date. Je ne pense pas que nous ayons des relations communes ? Du moins, cela m'étonnerait...

Sur le moment, Jan avait cru tout de bon que l'histoire se terminerait dans un camp de concentration, mais il était parvenu à convaincre le colonel que sa sœur avait l'esprit complètement dérangé par les événements et qu'il ne fallait pas lui tenir rigueur de sa folie.

S'imaginant ébranler les convictions de sa maîtresse, Grazyna précisa :

— Ce monsieur est Suisse. Il se nomme Aloïs Werner.

— Où se tient-il ?

— A la cuisine.

Stupéfaite, Sofia répéta :

— A la cuisine ?...

— Il prend le café avec Feliksa.

— Il prend le... Jan, saviez-vous que les Suisses avaient de si étranges habitudes ?

— Rappelez-vous, Sofia... Ils aiment beaucoup le café au lait...

— Ce n'est quand même pas une raison pour le boire avec les domestiques quand on se présente pour la première fois dans une maison comme la nôtre !

Bien que devinant perdue la cause d'Aloïs, Grazyna tenta un dernier effort :

— Il dit qu'il est riche.

— Tant mieux pour lui !

— Et qu'il veut épouser Mademoiselle.

— Epouser ? Il la connaît donc ?

— Pas encore et c'est justement pour faire sa connaissance qu'il...

Mais la comtesse ne l'écoutait plus. Tournée vers son frère, elle demandait :

— Jan ! Ai-je bien entendu ? Enfin, qui est fou ici ?

— Calmez-vous, Sofia... Il s'agit sans doute d'un mauvais plaisant... Grazyna, conseillez à cet individu de rentrer chez lui s'il ne souhaite pas que je le signale à la police... et, s'il est sincère, persuadez-le de consulter un médecin au plus tôt !

Cependant, ayant retenu que cet inconnu se prétendait riche, il ajouta à mi-voix avant de se remettre à sa réussite :

— Et demandez-lui quand même son adresse, n'est-ce pas ?

Lorsque, de retour dans la cuisine, Grazyna transmit en termes adoucis la réponse de ses maîtres, Roy se leva sans montrer la moindre émotion et, prenant congé, il affirma :

— J'épouserai quand même Hildegarde von Löwenberg. Si jamais elle voulait me voir, je suis au *Grand Hôtel*.

Quand il fut parti, les deux femmes demeurèrent un instant silencieuses, puis Feliksa, déconcertée par un entêtement qui la dépassait, résuma son opinion :

— Si ce garçon était pas si gentil, il serait à tuer !

Elle ne pensait pas si bien dire.

Mise au courant de la visite du Suisse et de son effarante demande, Hildegarde ne partagea pas l'indignation maternelle. Elle refusa de croire à la sincérité de Werner et pensa à un piège dont elle ne voyait ni la méthode, ni le but. Elle retourna demander conseil à ses amis soviétiques qui lui déclarèrent se charger de savoir ce que cet Helvète avait dans le ventre. C'était le test que Roy attendait et en vue duquel le M. I. 5 avait pris toutes les précautions.

En vieil habitué à qui l'on ne peut plus apprendre grand-chose, Farmouth comprit un soir — à la vue de ses affaires habilement fouillées — que les événements se déroulaient comme Harry Crocet l'avait prévu. Il n'avait plus qu'à attendre, ce qu'il fit en prenant soin, toutefois, à chacun de ses retours à l'hôtel, de demander, anxieux, au portier si l'on n'avait point apporté une lettre pour lui et de montrer un désappointement profond après les réponses négatives de l'employé. Roy estimait bien jouer le jeu.

Au bout de huit jours, le colonel Pietr Igorovitch Balenkov convoqua Mlle von Löwenberg pour lui communiquer les résultats de ses recherches.

— Chère amie, il semble que vous vous soyez inquiétée pour rien, mais je rends hommage à votre méfiance indispensable dans le métier que nous pratiquons, vous et moi. Cet Aloïs Werner n'est pas un imposteur. Il s'agit d'un banquier bernois qui, il y a quelques vingt années, s'est épris de la jeune gouvernante de l'ambassadeur de Pologne à Berne, Elzbieta Obkowiska. Une passion durable puisque pour se faire comprendre de sa bien-aimée, il a appris le polonais. Malheureusement pour lui, il semble que cette jeune fille ait disparu au cours des batailles de Varsovie, mais notre Werner n'a pas voulu se laisser convaincre et, depuis des années, il parcourt la Pologne à la recherche d'un fantôme. Les services polonais de surveillance le connaissent bien. Ils nous l'affirment tout à fait inoffensif et seulement en proie à sa marotte de désœuvré.

— Mais je n'ai rien d'un fantôme !

— Heureusement pour vous, très chère... J'imagine que le Suisse vous trouve une ressemblance avec celle dont il garde un souvenir qui doit quand même s'estomper. Envoyez-le promener ou recevez-le, aucune importance à nos yeux.

— Je vous en remercie.

Hildegarde rentra chez elle, songeuse. Elle ne voyait pas très bien comment profiter de la situation, pourtant son sens des affaires lui soufflait que ce Werner et sa sotte passion pouvaient être d'un bon rapport. Au salon, elle rencontra sa mère, son oncle et son père auxquels elle rapporta ce qu'elle avait appris au sujet du Suisse. Le comte l'écouta attentivement avant de déclarer :

— Une histoire amusante par son côté vieillot, je n'en disconviens pas, mais en quoi nous regarde-t-elle ?

Gunther von Löwenberg avait beaucoup perdu de sa superbe de jadis qui en faisait un oracle écouté des junkers de Cottbus. Toutefois, en dépit de ses soixante-cinq ans, il gardait un peu de son allure d'autrefois. Il prêtait la main aux combinaisons sordides de sa fille et de son beau-frère en se persuadant qu'il agissait ainsi contre les ennemis de l'Allemagne, ce qui lui permettait de se conserver sa propre estime. Toutefois, il y avait des moments où, redevenant l'officier de cavalerie d'un passé lointain, il se dégoûtait et buvait comme un trou pour étouffer ses remords des crimes commis en trahissant des gens qui avaient confiance en lui et croyaient à son hospitalité. Hildegarde méprisait quelque peu l'auteur de ses jours et lui répondit sèchement :

— Ce garçon possède, paraît-il, ce qui nous manque le plus.

La comtesse intervint, outrée :

— Et quoi donc, je te prie ?

— L'argent, mère.

— Dois-je comprendre que tu envisagerais d'épouser un Suisse ? C'est insensé.

— Pourquoi ?

— Mais parce que les Suisses passent leur temps à tirer des coups de fusil et à boire du café au lait ! Jamais je n'accepterai de devenir la grand-mère de petits Suisses ! Enfin, quoi, ils ioulent les Suisses, non ? Je ne veux pas d'un gendre qui ioule ! Qu'est-ce qu'on penserait de nous à Cracovie ?

— Rassurez-vous, mère, je n'ai pas du tout l'intention de l'épouser. D'ailleurs, vous savez très bien que si je me marie, ce sera avec Josef, cependant ce Suisse peut être intéressant à plus d'un égard... Je suis d'avis que nous l'invitions et que vous me laissiez agir.

Le comte et la comtesse avaient depuis si longtemps pris l'habitude d'être guidés par leur fille qu'ils n'émirent plus aucune objection. Pour les consoler, Jan remarqua :

— N'oubliez quand même pas qu'un franc suisse vaut pas mal de zlotys !

Tout heureuse, Grazyna s'en allait au *Grand Hôtel* prévenir Aloïs Werner que les Löwenberg seraient enchantés de le recevoir ce même jour, vers cinq heures. Elle était contente, Grazyna, car Aloïs lui plaisait et elle se réjouissait par avance de sa joie. Evidemment, elle n'approuvait pas son choix mais, après tout, chacun mène sa vie comme il l'entend. La jeune Polonaise avait trop vu de misères autour d'elle pour se montrer sévère à l'égard de qui que ce soit. Hildegarde, transformée par le mariage, ferait peut-être une excellente mère de famille.

Sur la place du Vieux-Marché, les paresseux qui traînent au soleil émergeaient de leur nonchalance pour regarder passer Grazyna. Jolie, bien faite, il ne lui manquait que de savoir sourire pour plaire à tous, mais elle n'avait que rarement envie de rire. Elle s'ennuyait. Fille unique d'ouvriers morts dans l'insurrection de Varsovie, Grazyna Paradnikowa fut placée dans un orphelinat où l'on tenta vainement de lui apprendre un métier. Pas sotte, elle s'avérait pourtant incapable de fixer son attention et se perdait sans cesse dans des rêves d'où ses employeurs l'arrachaient avec des cris. Le soir, dans le recoin où elle couchait, elle imaginait d'impossibles évasions, ne voulant pas admettre que le reste de l'Europe fût tout entier à l'image de la Pologne. Elle était reconnaissante à Aloïs Werner de lui avoir, par sa seule et fugitive présence, apporté la preuve qu'elle ne se trompait pas. Congédiée d'un peu partout, Grazyna finit par échouer dans un hôtel de Zakopane. Elle y fit la connaissance de Feliksa et, par l'intermédiaire de la vieille cuisinière qui ne suffisait plus à la besogne, entra chez les Löwenberg. Elle n'y serait pas restée longtemps sans Feliksa auprès de qui elle retrouvait, tout ensemble, le soutien maternel dont elle avait été trop tôt privée, la compréhension d'une amie indulgente et, surtout, un témoin des anciens temps. Sa foi religieuse, son attachement à une manière de vivre disparue poussaient Feliksa Otchokowa à mépriser le nouveau régime. Et si elle jouissait encore de la liberté au lieu de pourrir dans un camp de rééducation politique, c'est que les Polonais, même communistes, n'ont rien perdu de leur gentillesse naturelle, qu'ils continuent à admirer le courage et qu'au fond, la plupart d'entre eux partagent les idées de Feliksa à l'égard des nouveaux maîtres.

Cependant, Grazyna et sa vieille amie avaient manqué se brouiller l'année précédente, à Zakopane. La jeune fille, par désœuvrement, parce que personne ne s'intéressait à elle, s'était laissée courtiser par Wiktor Drabik, sergent de la Milice et communiste fervent, à l'encontre, d'ailleurs, de son supérieur immédiat, l'adjudant Bogdan Malek, demeuré secrètement attaché à un passé dont il partageait la nostalgie avec Andrei Potocki, curé du village. Si Grazyna répondit oui à Wiktor lui demandant la permission de la considérer comme sa fiancée, c'est que la servante venait de se disputer avec son amie. Depuis, elle se mordait les doigts et n'envisageait pas sans crainte le retour saisonnier à Zakopane, d'autant plus que, par malignité, Feliksa cherchait toutes les occasions pour lui rappeler Wiktor et les engagements qu'il lui faudrait tenir.

Bien que Wiktor fût de dix années plus jeune que Werner, Grazyna — quand elle les comparait dans son esprit — aurait souhaité avoir accordé sa main au Suisse. Cet Helvète amoureux lui semblait sortir tout droit d'un de ces romans populaires dont elle assouvissait sa fringale de lecture, en tremblant pour le sort de pures jeunes filles en proie aux assiduités de garçons déloyaux mais qui, toujours, finissaient par rencontrer le grand amour capable de les sauver. Grazyna espérait qu'elle aussi, un jour, l'amour la sortirait d'affaire, mais elle ne devinait pas de quelle manière.

Au *Grand Hôtel*, on l'accueillit assez froidement, mais quand on sut qu'elle voulait parler à M. Werner, les attitudes changèrent et on s'empressa. Grazyna entra dans la chambre du pseudo-Aloïs au moment précis où la trompette de Notre-Dame faisait entendre son appel et l'Anglais y vit un présage favorable. Lorsque la jeune fille lui eut transmis le message du comte, il la pria de rapporter à son maître que ce lui serait une joie et un honneur de se rendre à son invitation. Puis, avec cette familiarité bon enfant qu'il imaginait être un des traits de caractère suisse, il demanda :

— Vous croyez que c'est bon signe ?

Flattée de ce qu'on sollicitait son avis, Grazyna répondit :

— Dame ! Rien ne les obligeait à vous inviter, hein ? Ils savent pourquoi vous étiez venu... Faut croire qu'ils ont réfléchi...

Un peu réticente, elle ajouta :

— Elle vous plaît tant que ça, Mlle Hildegarde ?

Roy se contenta de pousser un soupir qui, à lui seul, aurait pu faire tourner un moulin à vent pendant cinq minutes et Grazyna, impressionnée, ne trouva rien à ajouter. Farmouth la força à accepter un billet de cent zlotys pour la bonne nouvelle qu'elle lui apportait et, pour témoigner de son euphorie, il ne voulut pas la laisser partir sans l'embrasser sur les deux joues.

Dans la rue, Grazyna marchait sans rien voir et le cycliste qui manqua la heurter ne parvint pas, en dépit de ses injures, à l'arracher à l'état second où elle se trouvait. Ce baiser, son imagination le transformait déjà. Jamais encore on ne l'avait embrassée avec autant de fougue. Sa raison avait beau lui chuchoter que sur ses joues, c'était une autre qu'Aloïs avait embrassée, elle ne l'écoutait pas. Elle commençait à bâtir tout un roman dont elle se voulait l'héroïne et dont elle s'enivrerait pendant de longues semaines. Grazyna savait qu'elle se mentait, mais elle y prenait tant de plaisir... Des dévotes qui la virent passer avec son regard fixe, extatique, lui emboîtèrent le pas, persuadées que N.-D. de Czestochowa lui était apparue. Elles la suivirent jusqu'au moment où elle s'engagea dans la Na Grodka où il n'y avait vraiment aucun miracle à espérer.

Feliksa, tout en geignant — selon une très ancienne habitude — sur la condition des humbles, préparait les betteraves qui allaient servir à la préparation du borchtche quotidien. L'entrée de Grazyna la fit échapper à ses préoccupations touchant le sort de l'humanité travailleuse.

— Alors ? Tu l'as vu, le Suisse ?

— Oui.

— Il a été content, cet imbécile ?

— Oui.

Feliksa renifla avec dégoût.

— Y a pas plus bête que les hommes où que Dieu les ait fait naître... Il sera bien loti celui-là avec son Hildegarde !... Enfin, si ça l'amuse...

Intriguée par le silence de sa protégée, elle leva les yeux pour découvrir Grazyna debout, le regard dans le vague, paraissant complètement absente. La cuisinière posa son couteau.

— Grazyna !

La jeune fille sursauta.

— Oui ?

— C'est tout ce que tu sais dire : oui ? Qu'est-ce qui t'est arrivé ?

— Il m'a embrassée...

Le rugissement de Feliksa fut entendu de la rue et, instinctivement, les passants levèrent la tête vers le ciel.

— Qu'est-ce que tu dis ? Qu'est-ce que tu oses dire ?

La petite Polonaise se laissa tomber sur une chaise près de sa vieille amie dont elle prit une des mains déformées dans les siennes.

— Ne crie pas avant de savoir...

Et elle lui raconta et le billet de cent zlotys et le baiser. Habile, elle conclut, montrant l'argent :

— Ça nous fait cinquante zlotys chacune, Feliksa !

Emue, la cuisinière se toucha le coin de la paupière avec un pan de son tablier.

— Tu es une bonne petite, Grazyna... mais tu ne dois pas attacher d'importance à ce baiser... Ce doit être une habitude dans son pays... et puis, n'oublie pas Wiktor...

— Je t'en prie, Feliksa, me parle plus de Wiktor !

— Comment ? Tu renierais ta parole ?

— Oui, je la renie ! Il m'embête, Wiktor ! D'ailleurs, je ne l'aime pas et s'il s'avisait de m'embrasser, je lui grifferais la figure !

— Fallait y penser avant, ma fille !

— Feliksa, il faut que tu m'aides ?

— A quoi ?

— A me débarrasser de Wiktor !

— Il est de la Milice, tu sais...

— Il te fait peur ?

La cuisinière faillit s'étrangler d'indignation :

— A moi ? Par saint Kasimir, il n'est pas encore né celui qui me fera peur ! Et ton Wiktor, je le mettrai au pas, compte sur moi ! Peur ? Arriver à mon âge pour entendre des choses pareilles ! Rappelle-toi ce que je te dis : « J'ai vu les Russes, les Allemands et tout ce qu'il y a de pire en ce monde ; j'ai jamais eu peur ! Et ce serait un petit milicien crotté de Zakopane !... Tiens, si j'étais pas si fâchée, tu me donnerais envie de rire ! »

Parvenue à ce qu'elle voulait, Grazyna embrassa sa protectrice qui bougonna :

— Et va surtout pas te mettre des idées en tête, petite. C'est Hildegarde que le Suisse vient épouser, pas toi, compris ? Par moments, je me demande si t'es pas aussi folle que notre maîtresse...

Et, louchant sur le billet de cent zlotys étalé sur la table :

— Qu'est-ce que tu dirais, Grazyna, si avec cet argent on s'offrait...

Grazyna ne sut jamais ce que Feliksa comptait acheter avec cet argent car, entrant dans la cuisine, Jan tomba immédiatement en arrêt devant le billet de banque. Feliksa sentit le danger, mais il était déjà trop tard. Kotlowski, souriant, s'adressa à la vieille femme :

— Chère Feliksa, si dévouée... si compréhensive...

La cuisinière grogna, devinant ce que cette amabilité allait lui coûter.

— ... Vous savez que nous attendons un Suisse... vous savez aussi l'importance de cette visite pour nous tous et plus particulièrement pour ma nièce... Je vous demande de nous aider une fois de plus, chère Feliksa...

— Cet argent est pas à moi ! Il est à Grazyna !

Nullement gêné de voir ses batteries découvertes, Jan sourit :

— Je suis sûr que Grazyna montrera la même compréhension que vous... Je vais aller acheter du vrai thé et quelques gâteaux...

D'un geste preste, il rafla le billet.

— Naturellement, ce n'est qu'un prêt...

Il atteignait la porte lorsque la cuisinière cria :

— Vous nous rapporterez la monnaie ?

Toujours aussi aimable, il s'inclina :

— C'eût été avec plaisir, vous le pensez bien, chère Feliksa, mais il n'y aura pas de monnaie...

Après la visite de Grazyna, Roy comprit que la partie s'engageait, que, dès ce moment, il devait oublier sa personnalité pour entrer complètement dans la peau d'Aloïs Werner tel qu'il se l'imaginait. Il passa les heures le séparant de son rendez-vous à étudier des gestes, des attitudes, un ton et, quand il sortit de sa chambre, il eut vraiment la conviction d'être devenu Aloïs Werner, le Bernois (1) et lorsqu'il entra dans le salon des Löwenberg, une émotion visible le fit bégayer. Il donnait l'impression qu'après vingt années d'efforts poursuivis avec acharnement, il recevait enfin sa récompense et qu'il s'imaginait être reçu par Elzbieta miraculeusement demeurée jeune, et ses parents ! On le pria de s'asseoir en face d'Hildegarde qui lui souriait. Il la contemplait avec une sorte d'adoration presque gênante pour les autres, comme si elle était la vivante réplique de la Polonaise disparue. L'excès même de son attitude achevait de rassurer ceux qui auraient pu encore nourrir des doutes sur sa sincérité. Aloïs avait appris depuis longtemps qu'on obtient toujours et beaucoup plus facilement la confiance d'autrui si on lui donne l'occasion de se moquer ou de se croire supérieur à vous. C'était ce qui se passait dans le salon des Löwenberg. Tous éprouvaient une légère envie de s'amuser aux dépens de ce grison amoureux d'une ombre et l'espèce d'état second où semblait le plonger la vue d'Hildegarde flattait la jeune femme et ses parents. Werner, assez content de lui, se félicitait d'avoir joué si longtemps la comédie dans une troupe d'amateurs, à Harrogate.

Sous l'égide de Jan, toujours à l'aise dans ces sortes d'affaires, on procéda aux présentations. Hildegarde mit dans la main de l'Anglais une main qui tremblait avec autant de légèreté que d'habileté, juste ce qu'il fallait pour troubler un amoureux. Aloïs apprécia en connaisseur. Gunther trouva

(1) C'est ce nom que l'on donnera désormais au cours de ce récit à Roy Farmouth.

quelques mots à dire sur l'Helvétie où il s'était rendu dans sa jeunesse, à une époque qui, déclarait-il, lui semblait aujourd'hui fabuleuse. Par ce biais, on tenta de sonder le visiteur sur ses opinions politiques, mais il apparut vite que le Suisse se fichait pas mal de ce qui se passait dans le monde. Cela rassura et irrita en même temps. Tout d'un coup, la comtesse regardant son hôte bien en face, de même qu'un acheteur examine la bête qu'il envisage d'acquérir, s'exclama :

— Je ne me figurais pas les Suisses comme ça !

Le visiteur eut une légère inquiétude. Que voulait dire Mme de Löwenberg ? La comtesse précisa tout de suite sa pensée :

— Je pensais que vous portiez des culottes courtes et un chapeau à plume ? Il est vrai que, le cas échéant, je n'eusse pas apprécié un gendre en culottes courtes !

Se tournant vers les autres membres de sa famille, elle ajouta :

— Avouez que cela ne ferait pas très sérieux ?

Hildegarde, fâchée, répliqua à sa mère sur un ton indiquant à celle-ci qu'elle serait, désormais, bien inspirée de se taire.

— Mère, il me semble que vous allez un peu vite ?

Aloïs expliqua dans un bon sourire .

— Sans doute madame la comtesse confond-elle avec les Tyroliens ?

Kotlowski dissipa la soudaine tension en abordant franchement le vrai sujet de la réunion :

— Alors, monsieur Werner, il paraît que ma

nièce, rencontrée dans la rue, vous a fait une très forte impression ?

Aloïs joua parfaitement le trouble, l'enthousiasme difficilement contenu et bafouilla, en timide s'imposant un effort visible pour exprimer sa conviction :

— Oui... Excusez-moi, mais... mais dès que j'ai vu mademoiselle de Löwenberg... j'ai compris... enfin, je veux dire que je me suis persuadé que — si elle le voulait évidemment — elle... elle serait la femme de ma vie !

Hildegarde eut un petit rire de gorge fort discret et très tendre. Elle remarqua que tout en étant flattée, elle comprenait mal cette passion aussi subite qu'inattendue. Sofia crut devoir appuyer la réflexion de sa fille :

— Les Suisses sont pourtant réputés peu enclins à l'enthousiasme ?

Werner devina qu'on allait lui faire passer un examen quant à son histoire et, intérieurement, rendit grâce à Harry Crocet qui avait tout prévu. En homme soucieux d'expliquer une démarche sortant de l'ordinaire, il raconta sa passion romanesque pour Elzbieta et ses recherches infructueuses. Il énuméra tous les endroits où il était passé, toutes les villes visitées et quand il eut terminé, on le félicita d'un romantisme ne cadrant plus avec l'époque. Seule, Hildegarde — fort habilement — ne parut pas partager l'opinion générale.

— En somme, si je saisis bien votre pensée, Monsieur, vous souhaitez m'épouser à la place d'une autre dont je devrais tenir la place ? N'estimez-vous pas que c'est un rôle bien dangereux pour moi et... quelque peu humiliant ?

Le Suisse sortit de sa réserve naturelle pour s'écrier avec autant de flamme que de conviction :

— Je vous jure que depuis que je vous ai vue, mademoiselle, je ne rêve plus à Elzbieta !

Sofia faillit tout gâter en concluant :

— En somme, celle dont le souvenir vous faisait vivre et occupait toutes vos pensées ne compte plus désormais pour vous ?

Mais Grazyna apportant le thé dispensa Aloïs de répondre. La jeune fille montrait une humeur maussade et elle posa le plateau sur la table avec une brusquerie qui fit froncer le sourcil aux Löwenberg. Elle sortit sous l'œil courroucé de Sofia, sans même demander si l'on avait besoin de quelque chose d'autre.

Werner faillit s'étrangler avec son thé lorsque Mme de Löwenberg s'enquit :

— Je sais bien, Monsieur, que tous les Suisses sont riches mais, vous, l'êtes-vous ?

Gêné, Gunther protesta :

— Voyon, Sofia...

— Qu'y a-t-il, mon ami ? Nous ne connaissons pas Monsieur et je ne pense pas que vous vouliez donner votre fille à quelqu'un qui n'aurait pas les moyens de l'entretenir selon son rang et de lui conserver cette existence de luxe à laquelle elle est habituée ?

Jan rectifia afin que leur hôte ne les prît pas pour des sots :

— A laquelle elle était habituée avant les malheurs de notre patrie...

Amusé, Werner s'en serait voulu de remarquer que, vu son âge, Hildegarde ne devait pas garder un bien grand souvenir de la vie telle que ses parents la menaient avant 1939. Pour rassurer son hôte, il précisa :

— Je suis banquier et ma banque est une des plus importantes de Berne...

— Banquier !...

Kotlowski n'avait pu retenir cette exclamation émerveillée. Il voyait dans cette révélation la promesse de félicités sans nombre qui le mèneraient jusqu'à la mort en toute quiétude. Les autres, rassurés, envisagèrent l'avenir avec optimisme. Cependant, avant de se laisser aller à l'euphorie ambiante, Sofia tint à se faire préciser :

— Est-ce que vous ioulez, Monsieur ?

Déconcerté, Werner ne comprit pas tout de suite.

— Pardon ?

— Est-ce que dans les moments où vous ne travaillez pas à votre banque, vous criez avec ces curieux bruits de gorge qui déchirent le tympan ?

— Décidément, Madame, vous voulez absolument que la Suisse fasse partie de l'Autriche. Non, je ne chante pas.

Lorsque Grazyna revint du salon, Feliksa l'interrogea :

— Comment ça se passe, là-bas ?

Rageuse, la jeune fille s'exclama :

— Très bien ! Tu penses qu'une proie pareille, ils la laisseront pas s'échapper. Si tu voyais Mademoiselle et ses mines, tu serais écœurée ! Et cet imbécile qui voit rien, qui comprend rien ! Il mériterait des gifles !

Feliksa la força à s'asseoir près d'elle :

— Toi, mon petit, tu t'embarques sur un drôle

de chemin... T'es jalouse, ma parole ! Enfin, t'es pas un peu folle ? Tu t'imagines qu'un homme aussi important est venu de si loin pour s'amouracher d'une domestique ?

— Il s'est bien amouraché de Mlle Hildegarde, non ? Et je suis aussi jolie qu'elle !

— Sans doute, mais t'es pas une Löwenberg... Toute la différence est là... Toi, lorsque tu entres au salon, c'est pour t'occuper du ménage...

— C'est pas juste !

— Quand t'auras mon âge, tu comprendras que la justice, elle est pas de ce monde, Grazyna... T'as tellement envie de te marier ?

— Je voudrais surtout qu'on m'aime...

Feliksa lui caressa les cheveux.

— Ça viendra... Te fais pas de soucis... Les Polonais sont pas aveugles... et tu oublieras ce Suisse...

— Je crois pas que je l'oublierai jamais, Feliksa.

La vieille femme la repoussa brusquement :

— A la fin, tu m'énerves avec tes sottises ! D'abord, ce bonhomme est bien trop vieux pour toi !

— L'âge n'a pas d'importance...

— Mais qu'est-ce que tu lui trouves donc ?

— Je ne sais pas... Il est très doux... très aimable... et puis...

— Et puis ?

— Il m'a embrassée...

Un coup de sonnette résonna dans la cuisine. Feliksa se leva.

— Au lieu de dire des bêtises qui ont ni queue, ni tête, va donc voir ce qu'ils veulent...

— Non, j'irai pas !

Grazyna, me pousse pas à bout ! File immédiatement au salon ou je t'y traîne par les oreilles !

— Alors, toi aussi, t'es contre moi ?

— Idiote !... mais il y a ce qui est possible et ce qui l'est pas. Colle-toi ça dans le crâne tête de mule !

Après avoir reçu permission de venir chaque jour faire sa cour, Werner se retirait. On avait appelé Grazyna pour qu'elle le reconduise. Aloïs baisa respectueusement la main de la comtesse qui crut bon de s'excuser :

— Vous voudrez bien ne pas nous tenir rigueur de vous avoir servi du thé au lieu de café au lait, mais le café en Pologne est exécrable...

— Cela n'a aucune importance. D'ailleurs, je n'aime pas le café au lait...

Ecrasée par cet aveu qui balayait tout son savoir ethnographique, Sofia balbutia :

— Vous... vous n'êtes donc pas suisse ?

— Mais si, Madame... mais si...

La laissant s'interroger sur les bouleversements survenus dans le monde occidental depuis qu'elle en était coupée, le Bernois prit congé du comte qui lui confia sa joie d'avoir fait sa connaissance, se laissa prendre — à la polonaise — dans les bras de Jan lui jurant que jamais encore il n'avait rencontré un garçon aussi sympathique que lui. Quant à Hildegarde, elle sut lui décocher un sourire qui, tout à la fois pudique et prometteur, devait mettre le ciel dans le cœur de l'amoureux.

En suivant Grazyna dans les couloirs obscurs de la maison, Werner affectait une joie rayonnante. Lorsque la jeune fille lui ouvrit la porte donnant sur la rue, il voulut lui dire quelque chose d'aimable, mais il fut frappé par son visage altéré. La curiosité, tout autant que la sympathie, le poussa à l'interroger :

— Quelque chose qui ne va pas, mon petit ?

— Vous... vous allez épouser Mlle Hildegarde ?

— Bien sûr, si elle veut de moi !

— C'est pas possible... c'est pas possible...

Surpris, il la regarda, se demandant ce qu'elle pouvait bien avoir... Et comme il la voyait complètement désemparée, il la prit par l'épaule comme un grand frère.

— Vous craignez qu'elle ne vous abandonne ? Rassurez-vous, vous resterez et, si la chose est possible, vous viendrez avec nous en Suisse ; elle sera moins dépaysée...

Il avait beau être complètement idiot, ce bonhomme, Grazyna ne pouvait pas s'empêcher de l'aimer. Elle tenta de ricaner pour lui montrer qu'il ne comprenait rien à rien, mais un sanglot l'étouffa et l'agent du M. I. 5, parce qu'il était ému de ce chagrin dont il ne devinait pas la cause, embrassa de nouveau la jeune fille pour bien lui prouver qu'elle comptait un ami fraternel en sa personne.

Quand, inquiète d'une absence qui se prolongeait vraiment un peu trop, Feliksa arriva à la porte, elle aperçut Grazyna qui, sur le seuil, fixait un nuage dans le ciel et souriait aux anges. Elle lui tapa sur le bras et la petite sursauta, pareille au dormeur qu'on éveille :

— Qu'est-ce que tu fabriques là ?

— Feliksa... Oh ! Feliksa...

Grazyna sauta au cou de la vieille femme qui la repoussa en la grondant affectueusement :

— Qu'est-ce qui te prend ? C'est pas ma fête que je sache, ni mon anniversaire ?

— Feliksa... il m'a embrassée !

— Encore !

— Il m'a embrassée là, sur le pas de la porte, avant de s'en aller...

— Et pourquoi ?

— Comment ça, pourquoi ? Parce que ça lui faisait plaisir, tiens ! ou parce qu'il a vu que j'avais du chagrin...

— Cours donc débarrasser la table, ça t'enlèvera ton chagrin, espèce d'idiote !

La jeune fille se sauva dans un éclat de rire et Feliksa Otchokowa, regagnant sa cuisine, ne put s'empêcher de remarquer :

— J'aurais jamais cru les Suisses si affectueux...

CHAPITRE II

Quelques jours passèrent sans que Werner entendît parler des Löwenberg. Il se doutait bien qu'ils devaient être occupés à mettre un plan au point. Pour lui, n'ayant rien à faire et bien pourvu de zlotys par la grâce d'Harry Crocet, il menait une existence fort agréable dans Cravocie, une des villes qu'il aimait le plus au monde. Jusqu'ici, tout avait très bien marché et les événements s'étaient déroulés selon les prévisions de Londres. Maintenant qu'il les avait vus, Aloïs comprenait à quel point ces Löwenberg pouvaient être dangereux. La bonhomie du comte, qu'une distinction naturelle empêchait toujours de glisser dans la vulgarité, le côté élégant et pourri de Jan mais surtout la beauté, la grâce, l'intelligence, la rouerie d'Hildegarde expliquaient que des hommes aussi expérimentés que les agents du M. I. 5, de la C. I. A. ou du 2e Bureau fussent tombés dans les pièges tendus par le trio rabattant le gibier pour le compte de l'Est. Il n'était pas jusqu'au côté farfelu de la comtesse Sofia pour inspirer davantage confiance encore. Sa présence interdisait la méfiance. Aloïs se persuadait qu'elle n'était au courant de rien et qu'on ne se servait de cette vieille petite fille que pour retenir l'attention et ajouter une note attendrissante au tableau de cette famille exilée et rêvant de retourner dans le monde libre.

Soudain, Werner pensa qu'il existait une éventualité négligée par les services du M. I. 5 : et si Hildegarde, dégoûtée de l'existence qu'elle menait, renonçait à son champion de ski et décidait d'épouser ce Suisse susceptible de l'emmener vivre à l'abri de tout et de tous dans un pays qui demeurait encore une oasis de paix ? A cette perspective, Aloïs sentit des frissons lui courir le long de la colonne vertébrale. Il n'eût pas redouté cette hypothèse si, par miracle, il avait pu assister à la scène qui chez les Löwenberg, suivit immédiatement son départ. Sitôt qu'eut retenti le bruit de la porte de la rue se refermant, Sofia tint à donner son opinion à tous :

— Ce garçon paraît bien, doux, tranquille... et puis, il est banquier ; Hildegarde sera sûrement très heureuse avec lui. Pour ma part, fillette, je ne suis pas fâchée que tu renonces à te mésallier en épousant ce Josef dont le seul mérite est de savoir se tenir en équilibre sur deux bouts de bois ! Qu'en pensez-vous, Gunther ?

— Ma foi, si ce Suisse a autant d'argent qu'il le prétend...

— Et vous, Jan ?

— Ma chère Sofia, je pense que la seule opinion qui compte dans l'histoire est celle d'Hildegarde ?

La jeune femme les regarda en souriant mais déclara d'un ton résolu :

— Ecoutez-moi, mère, et vous père, et vous oncle Jan : je n'épouserai jamais cet Aloïs Werner. Si je me marie un jour, ce sera avec Josef Brankowski que j'aime et qui m'aime.

Il y eut un court moment de flottement et Sofia de Löwenberg, qui craignait sa fille, changea de camp avec une naïve impudence :

— Je le savais ! Hildegarde, tu es comme moi : la femme d'un seul amour ! Toi et moi, nous sommes des romantiques ! (Ce qui fit sourire Jan qui cligna de l'œil à sa nièce.) Evidemment, ce petit Josef n'est pas né, mais qu'importe ? Je suis certaine que ton père sera d'accord ! Les reines peuvent parfois épouser des valets quand la passion leur sert d'excuse ! On dira au Suisse de rentrer chez lui ! D'ailleurs, je ne suis pas convaincue que ce ne soit pas un imposteur ! Vous l'avez entendu comme moi, il n'aime pas le café au lait !

— Mère, voulez-vous m'écouter un instant ?

— Mais je ne fais que cela, mon enfant !

— Il faut qu'Aloïs Werner se persuade que je désire devenir sa femme...

— Ne viens-tu pas de nous affirmer ?...

— ... et pour cela, il importe que nous le recevions tous les jours, qu'il se sente accueilli comme un fiancé officiel.

La comtesse ne comprenait plus rien. Elle gémit :

— Mais pourquoi nous encombrer de ce Suisse puisque tu ne veux pas...

— Parce qu'il a de l'argent et qu'il nous faut de l'argent si nous souhaitons vraiment quitter ce pays, où nous menons une existence lamentable et... à quel prix ! N'est-ce pas votre avis, père ?

Le comte, qui admirait beaucoup sa fille, se contenta de répondre :

— Si tu peux convaincre ce Suisse de te donner son argent sans t'épouser, tu seras très forte, Hildegarde, plus forte encore que je ne le supposais, mais j'avoue que je serais curieux de connaître ton plan ?

— Tout à l'heure, père, si vous le voulez bien... et vous, oncle Jan ?

— Moi ? Je suis prêt à exécuter tout ce que tu demanderas — comme d'habitude — si tu peux nous sortir de ce pays !

— Bon. Et maintenant, maman, je pense qu'il serait bon que vous montiez dans votre chambre pour vous reposer un peu.

— Mais...

Son mari renchérit, sèchement :

— Ecoutez ce que vous conseille Hildegarde, ma chère.

Vaincue, la comtesse se leva et sortit de la pièce sans un mot. Quand les trois autres furent assurés que la comtesse ne pouvait plus les entendre, Hildegarde exposa son plan. Le comte qui, depuis une douzaine d'années, avait tenu pour négligeables les reproches de sa conscience, trouva cette fois qu'Hildegarde dépassait quand même la mesure.

Mais... c'est un crime que tu nous proposes ?

— Et alors, père ? Cela n'en fera jamais qu'un de plus, non ?

— Permets... Les gens que nous avons livrés aux Soviétiques étaient des ennemis de ceux qui nous ont accueillis... En somme, nous faisions notre devoir...

Mlle von Löwenberg regarda son père avec un mépris non déguisé.

— Libre à vous de vous mentir. Pour moi qui

ignore vos subtilités, je sais que nous avons assassiné... Non ! Ne protestez pas ! Ce que nous faisions équivalait à un assassinat... et cela pour de très minces profits... Pourquoi aurions-nous, aujourd'hui, des scrupules, alors qu'il s'agit d'exécuter nous-mêmes, pour une fois, ce que nous avons l'habitude de laisser à la discrétion de nos partenaires ? D'autant que le bénéfice peut être énorme et nous dispenser d'avoir de nouveau recours à de pareils moyens dans l'avenir... Est-ce votre avis, oncle Jan ?

— Tu m'étonneras toujours, Hildegarde... Tu aurais dû vivre sous Barberousse ; tu serais devenue reine ou impératrice... Sacrifions le Suisse !

Le comte n'était pas convaincu.

— Ce Suisse n'a rien fait pour mériter de mourir et...

Sa fille l'interrompit violemment :

— Et les millions d'Allemands, de Polonais qu'on a massacrés, ils méritaient, eux, de mourir ?

— Je ne dis pas, Hildegarde, mais...

— En quoi voulez-vous que me touche la vie ou la mort d'Aloïs Werner ? Je ne veux pas en être réduite à tendre la main dans la rue pour me procurer un morceau de pain... Après tout, Werner ne sera qu'un mort de plus de cette guerre qui ne finit pas...

Et Jan ajouta :

— Et pour un Suisse, mourir à la guerre, c'est quand même une occasion exceptionnelle que Werner ne voudrait pas laisser échapper s'il a un peu le sens de l'humour !...

Toutefois, en dépit du cynisme dont il faisait volontiers étalage, Jan avait difficilement digéré la proposition de sa nièce. Lorsqu'il quitta, ce soir-là, Hildegarde et son père, il visita tous les cafés de Cracovie qu'il connaissait et y but à crédit, autant de vodka qu'il put en absorber. A un ami rencontré et qui lui demandait pour quelles raisons il se mettait dans cet état, Jan répondit superbement :

— Parce que je suis content de moi...

— Vraiment ? Et peut-on savoir, cher, les raisons de cette satisfaction ?

— J'ai su résister aux femmes ! Pas une n'est parvenue à me mettre le grappin dessus et Dieu sait s'il y en a qui ont essayé !... Mon bon, je vais vous confier une chose : les femmes, il n'y a pas moyen de savoir ce qu'elles pensent... Vous vous imaginez qu'elles sont d'accord, que tout est arrangé, pfuit ! tout d'un coup, elles vous dévoilent ce qu'elles ont dans la tête et vous en restez épouvanté... épouvanté, c'est le mot !

— Allons, remettez-vous ! Vous avez l'air franchement affolé ?

— Il y a de quoi...

Pendant un instant, Jan parut s'absorber dans la contemplation de son verre vide, puis il interrogea son ami :

— Vous n'avez rien contre les Suisses, vous ?

— Contre les Suisses ? Ma foi, non... et vous ?

— Moi non plus... Ils me seraient plutôt sympathiques et c'est cela qui est terrible...

Il sortit en vacillant légèrement et son ami demanda au garçon :

— Jerry, vous n'avez pas l'impression que Jan vieillit très vite ces temps-ci ?

Lorsque le faux Werner reçut une nouvelle invitation des Löwenberg, il se prépara pour le match qui commençait, match qui ressemblait plutôt à une corrida, car il devait se terminer par des mises à mort. Il ne nourrissait aucune illusion. Ce serait dur, d'abord parce qu'il usurpait une identité, ensuite parce qu'il se trouvait dans un pays sinon ennemi, du moins inamical, enfin parce que ses adversaires s'affirmaient des adversaires redoutables comme en témoignait leur sinistre tableau de chasse. Tout compte fait, son seul avantage, au départ, tenait à ce qu'il savait, en gros, ce qu'on lui réservait et qu'il pouvait donc se tenir sur ses gardes.

La deuxième entrevue de Werner et des Löwenberg fut empreinte de la même cordialité que la précédente. On l'interrogea sur la Suisse, on lui parla de l'enfance d'Hildegarde près de Cottbus où elle était en pension, le comte relata de beaux exploits cynégétiques, la comtesse évoqua des fêtes enfouies dans le temps. On se sépara en pleine amitié. Après la troisième entrevue, on déclara au prétendu Suisse de ne plus attendre d'en être prié pour se présenter à la maison des Löwenberg. Il pouvait venir quand il en avait envie.

Aloïs prit soin de ne pas profiter totalement de cette offre mais après une demi-douzaine de thés qu'il absorba avec peine, il obtint de sortir en compagnie d'Hildegarde que son âge autorisait à se passer de chaperon. Tout en se rendant parfaitement compte que la demoiselle le prenait de plus en plus pour un sot (ce qui l'enchantait), il se donna le ridicule de vouloir révéler à l'héritière des Löwenberg la pauvre vie nocturne de Cracovie. Quoi qu'elle en eût, Hildegarde jouait parfaitement son rôle de fille bien-née et ce au grand émerveillement de son oncle Jan qu'enthousiasmaient ses pudeurs, ses hésitations, ses scrupules hautement étalés afin de convaincre son amoureux que la vertu féminine du vieux temps s'était réfugiée dans la maison de l'impasse Na Grodka. Sous prétexte de lui faire connaître l'âme cachée de la vieille capitale, Jan s'était institué le guide de Werner qu'il tapait sans la moindre vergogne. Amusé, persuadé de les duper tous, Aloïs se laissait faire de la meilleure grâce du monde.

Pour la première fois, au début de juillet, Hildegarde laissa entendre que la perspective de devenir Mme Werner commençait à lui sourire et Aloïs s'appliqua à montrer l'enthousiasme qu'on attendait. Bientôt, on entra dans le domaine des précisions et le soir où, sur l'avis des Löwenberg, on décida que le mariage aurait lieu à Zakopane où le comte possédait un chalet, Werner sut que le poisson avait mordu définitivement à l'hameçon. Si les Löwenberg avaient choisi Zakopane, c'est qu'ils estimaient que, là-bas, ils seraient davantage maîtres de leurs mouvements et que la police n'y montrerait point une curiosité trop indiscrète. Intrigué, Werner se demandait jusqu'où ils iraient avant de se résoudre à agir contre lui. Il est vrai que, pour le moment — et c'est ce qui l'inquiétait — il ne voyait pas quelles raisons ils pourraient avoir pour l'éliminer.

Cette raison, Werner devait l'apprendre un après-midi alors qu'il se reposait sans sa chambre en attendant d'aller chercher Hildegarde pour l'emmener à un concert. On lui téléphona de la réception pour lui annoncer que M. Jan Kotlowski demandait à être reçu. Il soupira de satisfaction, ne doutant pas que les autres allaient enfin dévoiler leurs batteries. Il accueillit l'oncle de sa fiancée tout en s'excusant du décor médiocre, mais le visiteur répondit en grand seigneur :

— Aucune importance, mon cher, aucune importance... J'ai à vous entretenir de choses délicates et nous serons mieux ici que partout ailleurs...

— Je vous écoute ?

— Eh bien ! Figurez-vous qu'hier soir, j'ai passé un long moment en compagnie de ma nièce... Oui, vous avez dû vous rendre compte que ses parents sont... comment dirais-je ?... assez loin d'elle dans le temps... Mon beau-frère et ma sœur vivent dans les nuées... Ils n'ont aucun sens des réalités... Aussi Hildegarde me prend-elle souvent pour confident... En dépit de notre différence d'âge, je me suis toujours efforcé de la comprendre...

Simulant l'inquiétude, Aloïs l'interrompit :

— Ne voudrait-elle plus de moi ?

— Mais non, mon bon ami, mais non ! Hildegarde tient beaucoup à vous... Elle ne vous connaît pas depuis longtemps, mais vous avez su trouver le chemin de son cœur... Je crois qu'elle sera très heureuse avec vous... et, pour moi, je serai content de la savoir heureuse... D'avance, je vous en remercie...

Werner serra avec élan la main de Jan qui lui sourit, aimable, affectueux.

— Mais... Hildegarde appartient, comme vous le savez, à une très vieille famille... où le sens de l'honneur est vite alerté... où l'amour-propre est chatouilleux...

— Aurais-je dit quelque chose qui l'ait blessée ?

— Quelle idée ! Vous êtes trop bien élevé, cher Werner, pour commettre le moindre impair... Non, l'ennui est ailleurs... Vous permettez que je vous parle franchement ?

— Je vous en serai reconnaissant !

— Vous êtes riche, mon neveu, très riche... Nous, nous sommes complètement ruinés... la guerre... la révolution... Tout nous a été pris, pour ne pas dire volé... A la pensée que chez le notaire on devra spécifier qu'elle n'a pas de dot, Hildegarde se fait un sang d'encre... Elle affirme qu'elle aura l'air de se vendre !

— Mais c'est insensé... Je suis riche, elle ne l'est pas ; je lui apporte mon argent en échange de sa tendresse, quoi de plus normal ?

— Bien sûr, bien sûr, mais vous ne connaissez pas encore bien nos filles, n'est-ce pas ?... Et, pour tout vous avouer, je crains que si nous ne trouvons un biais, Hildegarde ne recule indéfiniment votre union... Elle voulait en parler à ses parents, hier soir, et j'ai réussi à la convaincre de n'en rien faire avant que je n'aie étudié la question avec vous. Je pense avoir bien agi ?

— Sûrement ! Que proposez-vous ?

— Moi ? mais rien... Les questions d'argent me sont étrangères et... vous êtes banquier...

Werner hésita quelques secondes comme s'il cherchait ce qu'il pourrait offrir sans heurter des sensibilités qu'il s'en voulait de n'avoir pas su ménager. Timidement, il s'enquit :

— Et si je lui reconnaissais une dot... confortable ?

— Evidemment...

— Elle fixera elle-même le chiffre qu'elle jugera convenable.

— Mon cher, vous êtes un gentilhomme et puisque je vous trouve si compréhensif, je m'en voudrais de ne pas vous ouvrir complètement mon cœur ! J'ai vu mourir beaucoup de monde autour de moi, près de moi depuis que je suis en âge de comprendre ce qui se passe sous mes yeux... Nul n'est à l'abri d'une disparition aussi subite qu'inopinée. Si Hildegarde mourait plus tôt que nous sommes en droit de le supposer, vous auriez un chagrin profond, j'en suis convaincu, mais, matériellement, cela ne vous apporterait aucun trouble... Imaginez, au contraire, que l'inverse se produise... Isolée, dans un pays qui n'est pas le sien... en proie à des rancunes familiales... non, non, non, ne protestez pas... une étrangère reste longtemps une étrangère... Enfin, bref, ma nièce risquerait, le cas échéant et dans une éventualité à laquelle je me refuse à croire — mais notre devoir n'est-il pas d'envisager toutes les hypothèses ? — de se trouver complètement démunie, ne fût-ce que pour supporter des procès longs et ruineux. Je ne pourrai malheureusement pas être là pour la soutenir et, de plus, étant tout à fait désargenté, je ne lui serais pas d'un grand secours. Il me semble, mon cher neveu, que vous donneriez à votre fiancée une preuve profonde de votre attachement en lui montrant que vous tenez à la mettre à l'abri de tous les coups du sort... et c'est pourquoi il m'est venu à l'idée que si vous preniez une assurance sur la vie à son bénéfice... J'envisagerais de partir et de la laisser, le moment venu, avec plus de sérénité ? Pourquoi riez-vous ?

— Parce que vous me faites exactement la proposition que je n'osais pas vous faire !

— Par exemple !

— J'ai déjà en poche une assurance sur ma vie au profit de Mlle de Löwenberg — qu'on transformera lorsqu'elle deviendra Mme Werner — une assurance d'un million de francs suisses !

— Un million de...

— Exactement ! et dès qu'elle l'aura signée, si le malheur voulait que je disparaisse avant notre mariage, Mlle Hildegarde serait pour toujours à l'abri du besoin. La seule clause que je n'ai pas spécifiée, c'est l'endroit où, dans cette éventualité, votre nièce, mon bon ami, choisirait de toucher cette somme ! J'ai tout réglé par l'intermédiaire du consulat suisse à Cracovie où mon compatriote, M. Munoz, s'est montré d'une extrême complaisance.

Kotlowski avait la tête qui lui tournait un peu. Son émotion n'échappait pas à son hôte, heureux d'avoir si joliment contré le Polonais qui bafouilla des remerciements, excipa d'une course urgente pour prendre congé. Avant de sortir, il demanda :

— Vous avez bien dit M. Munoz ?

— Parfaitement : Willy Munoz.

— Je pense que nous pourrions inviter ce Monsieur au mariage ?

— J'en serais très heureux.

Sitôt que Kotlowski eut quitté la chambre, Werner téléphona au consulat helvétique pour annoncer que Kotlowski allait sans doute arriver pour s'entretenir avec M. Munoz et qu'il priait ce dernier de ne rien cacher de ce qui le concernait à son visiteur.

Lorsque Jan sortit du consulat, il avait le cœur en fête, car l'aimable M. Munoz lui avait confirmé avoir servi d'intermédiaire entre M. Werner et la Société d'Assurances de Berne auprès de laquelle son compatriote avait passé une visite médicale avant de partir.

Kotlowski prit un taxi pour regagner l'impasse Na Grodka et, quand il fut entré dans la maison, il appela tout de suite Hildegarde et son père pour leur rendre compte de sa mission. Mlle von Löwenberg se montrait la plus impatiente.

— Alors ?

— Alors, ma chère, apprends qu'il ne tient qu'à toi d'être la bénéficiaire d'une assurance sur la vie de ton amoureux pour un million de francs suisses !

Et il se lança dans le récit de son entrevue avec Werner sans omettre sa visite au consulat helvétique.

Cette nuit-là, Hildegarde, le comte et Kotlowski firent des rêves merveilleux. Aucun des trois n'hésitait plus devant la suppression d'un homme dont la mort leur rapporterait une pareille fortune. Quant à Werner, il songeait que si les Löwenberg et Kotlowski ne se décidaient pas à le supprimer, il ne voyait pas ce qu'il pourrait leur offrir de plus tentant. Sa conclusion fut que la partie allait devenir rudement serrée et qu'il serait bien inspiré de demeurer perpétuellement sur ses gardes.

Le lendemain de sa conversation avec Kotlowski, Aloïs apporta la police d'assurance qui mettrait Hildegarde à l'abri du besoin au cas où il disparaîtrait prématurément. Mlle von Löwenberg se laissa difficilement convaincre d'accepter et montra combien elle était sensible à la confiance qu'il lui témoignait, jurant qu'elle entendait se marier pour le meilleur et pour le pire. Apparemment bouleversé, Aloïs supplia sa fiancée d'accepter cette marque de tendresse qu'il tenait à lui donner. Il y eut encore beaucoup de protestations de part et d'autre jusqu'au moment où Hildegarde, lasse de lutter, se résigna à apposer sa signature au bas de la police d'assurance. Profitant de l'euphorie générale, Jan proposa de fixer définitivement la date du mariage. D'un commun accord, on choisit le 10 août. En dépit de la religion huguenote professée par Werner, il fut décidé qu'on se marierait à l'église. Lorsque les époux seraient à Berne, ils feraient bénir leur union par un pasteur. Pour les enfants à venir, on les élèverait dans la religion catholique. Enfin, on invita Aloïs à rejoindre sa fiancée à Zakopane où une chambre l'attendait. Il accepta avec enthousiasme et, le soir même, il écrivit une lettre dithyrambique au cousin Arnold pour lui annoncer que sa future femme s'affirmait la perle dont tout célibataire rêvait et qu'elle éblouirait la bonne société bernoise par sa distinction et sa beauté. Il lui disait encore qu'Hildegarde avait eu la gentillesse d'accepter l'assurance qu'il voulait offrir à Elzbieta au cas où il l'aurait retrouvée. Les fonctionnaires de la police secrète qui lurent la lettre haussèrent les épaules devant une pareille stupidité, ignorant que le cousin Arnold transmettrait cette épitre à Harry Crocet.

Durant la nuit qui suivit la signature de la police d'assurance, Hildegarde et son père se retrouvèrent dans la chambre de Jan pour discuter de la manière dont on s'y prendrait pour expédier au plus tôt le naïf Helvète dans un monde meilleur. Hildegarde commença par déclarer qu'elle ne pouvait se charger de la chose en vertu du vieil adage de droit voulant que le crime ait pour auteur celui ou celle à qui il profite. Sollicité, Jan argua de sa maladresse, de sa faiblesse physique, de son incompétence universelle et bien connue pour décliner une tâche dépassant ses possibilités. Il conclut son plaidoyer par cette remarque : — Moi, vous savez, en dehors des cartes. — Il ne restait plus que le comte ne voyant pas du tout de quelle façon on procéderait. Il proposa successivement le revolver, le poignard et le poison, toutes armes relevant de méthodes depuis longtemps périmées et qui possédaient la fâcheuse particularité d'attirer les curiosités policières. Certes, par Grazyna, il était possible d'influencer la Milice de Zakopane, mais, enfin, il valait mieux ne pas trop compter là-dessus. Hildegarde estima qu'il fallait absolument, si l'on ne tenait pas à connaître de gros ennuis, que la mort d'Aloïs pût être imputée à un accident. Mais quelle sorte d'accident ? L'emmener en montagne et le pousser dans quelque ravin présentait bien des aléas. D'abord, il n'était pas certain qu'il y pérît ou, du moins, qu'il succombât avant de parler et, donc, de révéler le nom de son meurtrier ; ensuite, on admettrait difficilement un hasard qui arrangeait si bien les choses pour le bénéficiaire de l'assurance. De plus, il était vain d'espérer que le Suisse se jetterait de lui-même sous une automobile. Alors ? L'affaire leur apparaissait soudain beaucoup plus compliquée qu'ils ne s'étaient plu à le croire. Après qu'on eut tourné et retourné le problème dans tous les sens, on convint qu'on ne s'en sortirait jamais si on ne s'adressait pas à un professionnel. Mais où le trouver ? C'est alors que Jan, une fois encore, se montra l'homme de la situation. Il leur rappela qu'une dizaine d'années plus tôt — Isa Stanekowa — était affligée d'un frère qui passait pour un fort mauvais garçon. Peut-être ce Tadeus Stanek, s'il vivait encore, serait-il l'homme dont on avait besoin et, moyennant une honnête rétribution, accepterait-il de rendre aux Löwenberg le service qu'ils en espéraient ? Sofia gardant toutes les adresses des bonnes qu'elle avait employées, il serait facile de retrouver Isa et, par elle, son frère. Le comte promit de s'y employer dès le lendemain.

Le comte eut bien du mal à dénicher Isa qui ne s'appelait plus Stanekowa, mais Wakarowa (ayant épousé un homme de petite santé qui s'était laissé mourir quatre ans après leur mariage en lui laissant trois enfants en souvenir de lui.) Elle habitait au diable, c'est-à-dire dans le lointain quartier de Kleparz, une masure sise dans la rue Kmieca. Gunther usa la journée entière à chercher Isa en passant par toutes les adresses où elle avait logé. Ce ne fut qu'au crépuscule, épuisé, nerveux, qu'il frappa à la porte derrière laquelle il espérait trouver la veuve Wakarowa. Elle lui ouvrit et béat de si prodigieuse façon à la vue de son ancien patron que le visiteur put se rendre compte que la pauvre femme ne possédait plus beaucoup de dents. Grand seigneur, il la salua familièrement comme s'ils s'étaient quittés la veille :

— Bonjour, Isa...

Mais elle ne parvenait qu'à dire :

— Monsieur ! C'est Monsieur !... Oh ! Monsieur !...

Il n'y avait aucune raison que cette litanie s'arrêtât et Gunther, pour y couper court, prit Isa par le bras et la refoula chez elle tout en annonçant gentiment :

— J'entre, ma bonne Isa, parce qu'à mon âge, hein ? on aime bien s'asseoir...

— Oh ! oui, Monsieur... Sûrement, Monsieur... Si Monsieur veut se donner la peine...

De son tablier, elle épousseta rapidement un siège sur lequel Löwenberg prit place avec un peu d'appréhension. De la pièce d'à côté venait un tumulte de cris et de pleurs. Isa s'excusa d'un sourire :

— Les enfants... Vous permettez ?

Elle sortit pour ramener l'ordre et quelques paires de claques, deux ou trois rugissements semblèrent produire leur effet. Quand elle revint, son visiteur crut de bonne politique de s'enquérir :

— Vous avez plusieurs enfants, Isa ?...

— Trois, Monsieur... et l'aîné n'a que six ans... Vous avez su mon malheur, sans doute ?

— Je l'ai appris aujourd'hui même en tentant de vous retrouver... Vous n'avez pas eu de chance...

Isa fondit en larmes.

— Ça, vous pouvez le dire ! Notez que c'est pas que je regrette tellement Ludwik, mon défunt, parce que c'était pas un homme sur qui une femme pouvait compter... mais, vrai de vrai, je l'aurais jamais cru capable d'un pareil manque de dignité !

— Pardon ?

— Pensez un peu ! Me laisser seule avec trois

enfants, c'est des manières honnêtes, ça ? Mais Monsieur est pas venu pour m'entendre pleurer, pas vrai ? Alors qu'est-ce qui me vaut l'honneur ?...

— Voyez-vous toujours votre frère, Isa ?

— Tadeus ?... Ce monstre ? Ah ! non, par exemple ! A la mort de mon mari, il s'est ramené pour renifler si, des fois, il pourrait pas me voler quelque chose, mais j'y ai déclaré : y a trois gosses à élever, Tadeus ; si tu veux me donner un coup de main, tu feras que ton devoir !

— Et alors ?

— Et alors, s'il a continué à courir à la vitesse où il est parti, il doit être en Amérique à cette heure !

— Si loin ?

— Hélas, non... Il rôde toujours dans les mauvais lieux de Cracovie... J'ai de ses nouvelles quand les flics le collent en prison parce qu'on vient me voir pour me demander des renseignements... Mais, sauf votre respect, pourquoi donc que vous vous intéressez à ce bandit de Tadeus ?

— Un de mes amis cherche quelqu'un pour un travail un peu spécial et, ma foi, j'ai songé à votre frère...

Isa hocha la tête :

— C'est bien bon à vous, Monsieur, mais le travail et Tadeus, ils ont jamais été ensemble !

— Nous devons tenter notre possible, Isa, pour essayer de ramener dans le bon chemin ceux qui s'égarent... Auriez-vous une idée de l'endroit où j'aurais une chance de le rencontrer ?

— En visitant tous les cafés aux alentours de la gare...

Tadeus Stanek ressemblait à un chanoine tel que la tradition nous en impose l'image. Il en avait la rondeur, l'air benoît et une onctuosité de geste qui donnait confiance. On ne l'entendait jamais crier et il prenait bien garde à ne jamais user d'un vocabulaire grossier. En bref, il s'affirmait le type même de l'escroc qui vient quêter à domicile pour des œuvres charitables n'existant que dans son imagination. Parmi les mauvais garçons de Cracovie, il passait pour un Monsieur et ses manières empêchaient les autres truands de le traiter avec familiarité. Même quand il lui arrivait de forcer un peu trop sur la vodka, il conservait dans son ivresse une dignité qui impressionnait. Löwenberg ne ressemblant en rien à un policier, les patrons des bistrots qu'il interrogea ne firent aucune difficulté pour le renseigner : on avait vu Stanek la veille ou le matin même ; il n'était pas encore arrivé ou il venait de partir. Quelqu'un, qui semblait parfaitement au courant des habitudes de Stanek, consulta sa montre, puis se plongea dans des calculs savants d'où il déduisit qu'à cette heure-ci, il devait être au *Perroquet Bleu*, dans la rue Kurniki. Il s'y trouvait, en effet. Gunther se le fit désigner, puis il s'approcha de Tadeus qu'il salua. Un peu surpris, l'autre lui rendit son salut :

— Tadeus Stanek ?

— C'est moi...

— Je viens de la part de votre sœur, Isa Wakarowa...

— Ma sœur est une garce et elle peut aller au diable !

La conversation s'engageait mal. Löwenberg changea ses batteries.

— Je me suis sans doute mal exprimé et je vous prie de m'en excuser... Je suis allé demander à votre sœur où je pourrais vous rencontrer et elle m'a indiqué ce quartier.

— Qui êtes-vous, Monsieur ?

— Gunther von Löwenberg chez qui Isa servit autrefois.

Tadeus s'inclina.

— En effet, je me souviens... et que puis-je pour vous ?

— C'est que... c'est assez délicat...

Alléché, Stanek devint plus attentif.

— Les affaires délicates me conviennent parfaitement, Monsieur.

— J'en suis fort aise, mais... j'aimerais poursuivre cette discussion ailleurs... Ce que j'ai à vous confier ne doit être entendu que de vous seul.

— Ah !... Eh bien ! Monsieur, j'habite à quelques pas d'ici. Oh ! une mansarde... la vie m'a assez durement traité... dans la rue Ogrodowa... si vous voulez me faire l'honneur ?...

— Je vous suis.

La mansarde de Stanek ressemblait plutôt à une tanière. Gunther fronça le sourcil pour marquer une désapprobation spontanée. Son hôte feignit de ne pas s'en apercevoir. Il débarrassa l'unique chaise des hardes s'y entassant pour que le comte s'y assît, tandis que lui-même prenait place sur le lit en désordre.

— Je vous écoute, Monsieur ?...

— Voilà... Je possède un chalet à Zakopane... un chalet où ma famille et moi-même avons l'habitude de passer la belle saison. Nous y partons demain... J'y aurai pour hôte un Suisse.

Subitement, Gunther se tut, ne se résignant pas à l'aveu nécessaire. Tadeus entreprit de l'aider.

— Et alors, Monsieur ?

— Alors... euh... eh bien... admettons que pour des raisons qui me sont strictement personnelles... il faudrait que... enfin que ce Suisse disparaisse...

— Définitivement, Monsieur ?

— Définitivement.

— Je vois... En somme, vous souhaiteriez qu'il fût assassiné ?

Choqué, Löwenberg bafouilla :

— C'est-à-dire... évidemment... si vous le prenez comme cela...

— Ce n'est pas moi, Monsieur, mais vous... Si le mot vous scandalise, nous admettrons que ce Suisse ne doit pas revenir de Zakopane.

— Je préfère...

Stanek parut méditer un instant, puis :

— Un étranger, cela peut amener de grosses complications... des enquêtes minutieuses et... dangereuses ?

— C'est pourquoi il faudrait qu'il soit victime d'un accident indiscutable...

— Bien sûr... Ce n'est pas facile, mais nullement impossible... Il serait nécessaire que j'aille à Zakopane au plus tôt pour étudier la question... Je pense que vous pourriez m'engager comme homme à tout faire ?

— C'est que je n'ai pas les moyens... et on le sait.

— Ennuyeux, ça...

— Attendez, attendez ! Ma fille doit se marier avec... avec ce Suisse justement... et peut-être ne s'étonnera-t-on point que, vu cette présence supplémentaire, j'engage un domestique de plus ?

— Je vous demande pardon, Monsieur, mais Mademoiselle votre fille est-elle au courant de vos intentions à l'égard de son fiancé ?

— Oui.

Cette réponse sembla plonger Tadeus dans une rêverie amusée d'où il sortit pour remarquer :

— La nouvelle génération m'étonne... Vous voudrez bien, Monsieur, me noter l'adresse de votre chalet à Zakopane... Il y a déjà quelqu'un là-bas ?

— Feliksa, la cuisinière.

— Parfait. Je m'y rendrai dès demain matin et j'espère que lorsque vous y arriverez, j'aurai déjà une solution à vous proposer.

Gunther se leva.

— Je crois que j'ai eu une excellente idée de m'adresser à vous... Donc, à demain soir à Zakopane.

— Je vous demande pardon, Monsieur, mais il y a une petite formalité à remplir avant que nous ne nous séparions...

— Une formalité ?

— Je ne puis me permettre de travailler gratuitement, Monsieur...

— Evidemment... Où avais-je la tête ?... Alors, quelles sont vos conditions ?

— Deux mille zlotys tout de suite, pour mes premiers frais, et vingt mille zlotys une fois le travail terminé.

— Vingt mille zlotys ?

— Vous ne trouverez pas à meilleur prix sur la place... Il y a des risques et puis... la discrétion se paie aussi.

— Ecoutez, je ne puis prendre sur moi de répondre affirmativement... Je vais retarder notre départ de vingt-quatre heures et viendrai vous apporter la réponse demain vers midi...

— Et les deux mille zlotys si vous acceptez mes conditions.

— Et les deux mille zlotys...

Hildegarde et Jan s'indignèrent de l'énormité du prix exigé par Tadeus, mais il fallait en passer par-là ou renoncer à leur projet. Ils décidèrent donc de conclure le marché. Le plus difficile était de trouver les deux mille zlotys que réclamait immédiatement Stanek. Jan eut le cynisme d'aller les emprunter à Werner.

Du premier abord, Tadeus déplut à Feliksa. La cuisinière qui régentait la maison n'admettait pas qu'on pût engager quelqu'un sans lui demander et son avis et sa permission. Elle fut sur le moment de rendre son tablier, puis elle pensa que c'était peut-être le Suisse qui avait poussé ses patrons à prendre ce bonhomme ne lui inspirant pas confiance. Elle endura l'affront mais se promit de surveiller le nouveau venu. S'il s'avisait de tourner autour de Grazyna, elle aurait tôt fait de lui montrer de quel bois elle se chauffait. Mais, contrairement à son attente, Tadeus, froid, courtois, ne prêta aucune attention à Grazyna et se comporta à son égard avec déférence. Feliksa en perdit quelque peu de sa prévention.

Le soir même de l'installation des Löwenberg à Zakopane, les trois domestiques, à la cuisine, prenaient leur maigre repas lorsque la porte donnant sur le jardin s'ouvrit et un milicien en uniforme apparut sur le seuil. Stanek, en train de boire, manqua s'étouffer. Il n'aimait guère les miliciens et encore moins en ce moment. Son sang-froid l'abandonna et, affolé, il se demandait comment la Milice pouvait être au courant de ses projets. Déjà, il reculait sa chaise, prêt à bondir, lorsque le visiteur, ôtant sa casquette, cria joyeusement :

— Salut !... Le charron m'a annoncé votre arrivée et dès que j'ai été libre, je suis venu vous saluer... Bonsoir, madame Feliksa...

— ... soir...

Le garçon s'approcha de Grazyna pour l'embrasser, mais la jeune fille se déroba. Surpris, il protesta :

— Qu'est-ce qui te prend, Grazyna ? Tu veux pas que je t'embrasse ?

La cuisinière grogna :

— Wiktor, il faudrait pas commencer à nous embêter avec tes histoires, sans ça je vais te prier de déguerpir et vite !

Indigné, l'autre se croisa les bras :

— Mes histoires ? Oublieriez-vous, Feliksa, que Grazyna et moi sommes fiancés ?

— On en reparlera !

— Il n'y a pas à en reparler ! Elle m'a donné sa parole et puis je l'aime, moi !

Rasséréné, Tadeus se remit à boire. Un amoureux ! Il avait eu peur d'un imbécile d'amoureux ! Il se demanda s'il ne vieillissait pas... Quant à Feliksa, elle ne pouvait supporter qu'on lui tînt tête.

— Wiktor, j'admets pas qu'on crie dans ma cuisine et si t'es venu pour faire du scandale, tu vas te retrouver dehors en moins de temps qu'il ne faut pour le dire !

Outré, le jeune homme protesta :

— Je vois bien ce qu'il y a ! Grazyna en a dégoté un autre et vous êtes d'accord avec elle, Feliksa ! Mais ça se passera pas comme ça !

Pesamment, la cuisinière se leva, s'arma de la louche qu'elle retira de la soupière :

— File, Wiktor, avant que je me mette en colère pour de bon !

Le milicien hésita, mais devant l'attitude résolue de la vieille femme, il s'inclina. Ramassant sa casquette, il gagna la porte tout en affirmant :

— Je vous avertis tous : on se moquera pas de moi ! Grazyna sera ma femme, que ça plaise ou non ! On me reverra dans cette maison !

Wiktor parti, Stanek donna son opinion :

— Un jeune homme bien emporté...

Au même moment, une autre scène d'une genre identique se jouait sur le chemin qui mène à la rivière, entre Hildegarde et Josef Brankowski. Ce dernier, tout comme le milicien amoureux, s'était précipité chez les Löwenberg sitôt qu'il avait appris leur présence à Zakopane, mais à son grand regret, Sofia le reçut assez froidement et le pria tout de suite de ne plus se présenter chez elle, du moins sans y être appelé. Comme il réclamait des explications, la comtesse lui avait révélé les fiançailles de sa fille et d'Aloïs Werner. Refusant une défaite aussi rapide, Brankowski s'était, lui aussi, emporté, et Sofia dut appeler à l'aide Hildegarde qui se reposait dans sa chambre des fatigues du voyage. Josef perdait toute audace quand il se trouvait en présence de celle qu'il aimait. Il essaya, cependant, de l'accuser de félonie, mais elle eut tôt fait de prendre le dessus et lui promit toutes les explications nécessaires pour le soir même en un lieu écarté. On en était à l'instant où Hildegarde exposait son plan à Josef qui l'écoutait :

— Il n'y a rien entre ce Suisse et moi, Josef, et il n'y aura jamais rien...

— Mais, alors, pourquoi t'es-tu fiancée ?

— Pour qu'il prenne une grosse assurance sur la vie qui nous donnera la fortune.

— Nous ?

— Je serai ta femme, Josef, comme je te l'ai promis.

— Mais, voyons, tu ne peux pas être la femme de deux hommes ?

— Je n'épouserai pas Aloïs Werner.

— Quelle raison donneras-tu ?

— Je n'aurai pas de raison à fournir puisque Werner sera mort.

— Mort ?

— Ce qui me débarrassera de lui et me fournira l'argent dont nous avons besoin pour aller vivre tous les deux à l'étranger.

— Je ne comprends pas.

— Dis plutôt que tu as peur de comprendre, Josef ! Serais-tu un lâche ? Il faut que Werner meure pour que nous puissions être libres et heureux, toi et moi... Donc, il mourra.

— Veux-tu dire que tu vas... ?

— C'est exactement ce que je veux dire. Tu as peur ?

— Un peu...

— Rassure-toi, tu n'auras rien à craindre... Il s'agira d'un accident... un simple accident... Alors, nous laisserons passer quelques semaines... et, au début de l'année prochaine, je me rendrai à Berne pour toucher le montant de mon assurance... un million de francs suisses, Josef !...

— Un million de francs suisses !...

— Oui... Tu as moins peur à présent ?

— Hildegarde, tu es formidable !

— Tu dois aller représenter la Pologne aux épreuves de ski de Kitzbuhel... Tu iras, mais tu ne reviendras pas... Il paraît que la vie n'est pas désagréable en Autriche...

L'amertume de Brankowski céda la place à un enthousiasme délirant. Hildegarde dut le calmer :

— Tu saisis maintenant pourquoi il faut espacer tes visites ? Werner ne doit se douter de rien...

— Et tes parents ?

— Ils sont d'accord.

— Ça, alors !

Vers minuit, Tadeus gratta à la porte de la chambre du comte qui ne dormait pas.

— J'ai pensé que Monsieur le comte aimerait savoir comment se présentait la situation ?...

— Vous avez pu déjà établir un plan ?

— A la chambre que nous réservons à l'invité de Monsieur le comte, il y a un balcon de bois bien vieux... pas très solide... qu'il me faudrait travailler légèrement pour le rendre plus solide du tout... et il surplombe le ravin où l'on doit facilement se rompre le cou... Il suffira que Monsieur éloigne tout le monde de la maison le jour où je procéderai à certains arrangements...

CHAPITRE III

Brusquement, chez les Löwenberg, les choses se mirent à ne plus tourner rond. Sans qu'elle pût en expliquer les raisons, la comtesse s'était prise d'une aversion profonde pour Tadeus. Tout ce qu'on lui disait pour tenter de la ramener à plus de compréhension envers le domestique ne servait à rien. Elle voulait absolument qu'il s'en aille ; sa seule vue — prétendait-elle — la mettait au bord de la crise de nerfs. Un matin où Tadeus, exaspéré par l'hostilité latente de Sofia, lui avait répondu assez vivement, la comtesse fit une scène affreuse, déclarant que si cet individu ne partait pas immédiatement, elle s'enfermerait dans sa chambre et n'assisterait ni aux fiançailles, ni au mariage. De son côté, Tadeus s'en fut trouver le comte pour lui apprendre qu'il abandonnait la partie, Mme la comtesse lui ôtant toute possibilité de conserver le sang-froid nécessaire à la tâche projetée. Pour éviter une catastrophe qui ruinerait leur projet, Gunther, Hildegarde et Jan décidèrent de courir le risque de mettre Sofia au courant de leurs desseins.

D'abord, la comtesse ne comprit pas, n'ayant jamais rien su des activités criminelles de ses proches et quand, enfin, elle réalisa ce qu'on lui exposait avec précaution, elle crut à une plaisanterie dont le goût exécrable l'indigna. Ensuite, Hildegarde parla de leurs difficultés financières, les derniers scrupules de Sofia fondirent devant les perspectives attrayantes d'une existence où l'argent n'aurait plus tellement d'importance. Gunther emporta ses ultimes défenses par des allusions précises aux fastes d'antan, à Cottbus et auxquelles l'argent du Suisse permettrait de redonner vie. La comtesse ne nourrissait absolument pas de prévention particulière à l'égard de la gente helvétique, mais elle ne voyait vraiment pas pourquoi elle sacrifierait tous les plaisirs qu'on lui promettait à seule fin de garder en vie un homme qu'elle ne connaissait pas quinze jours plus tôt. Elle arriva à donner son accord et s'inquiéta de la manière dont ses complices comptaient procéder. Quand on lui parla de l'accident, elle battit des mains et sourit à son mari :

— Ah ! Gunther, je reconnais bien là votre délicatesse...

Le comte lui baisa la main et profita de son euphorie passagère pour lui recommander de se montrer patiente envers Tadeus qui était justement chargé de préparer l'accident où le malheureux Werner devait trouver la mort et Hildegarde la fortune. Sur ce point aussi, il fallut expliquer le truc de l'assurance et Sofia monta se reposer dans sa chambre en se félicitant d'avoir un époux, un frère et une fille si intelligents. De son honnêteté de jadis, il ne lui restait que la peur du qu'en-dira-t-on. Quant à sa conscience, elle l'avait laissée dans les horreurs de la guerre. Ainsi, sans s'en douter le moins du monde, à Zakopane, Werner comptait une ennemie de plus qu'à Cracovie.

Sur la route le conduisant à Zakopane, Werner — au volant d'une Zins louée — se sentait heureux de vivre. Le moment du grand règlement de comptes approchait et il se sentait des fourmillements dans tout le corps. Pour se fortifier et retrouver cette volonté impitoyable de réussir — volonté que l'âge atténuait un peu — il pensait à ses camarades morts par les soins des Löwenberg et, notamment, à Peter Labough, un joyeux rouquin avec qui il se souvenait avoir passé une amicale soirée à Bagdad, à moins que ce ne fût à Rangoon.

Werner ne connaissait pas Zakopane et, tout de suite, il fut séduit. Les chalets, les eaux courantes, les montagnes, les forêts, ces femmes porteuses de lourds paniers et dont les vêtements immuables disaient la continuité d'une tradition fidèlement suivie, enchantèrent l'agent d'Harry Crocet qui eut tôt fait de découvrir le chalet des Löwenberg gardant quelques vestiges des splendeurs passées. Grazyna le reçut avec un beau sourire et, tout naturellement, lui tendit la joue. Non moins naturellement, il répondit à l'invite et l'embrassa.

Sofia, son mari, son frère et sa fille accueillirent Werner avec de grandes démonstrations d'amitié. A la question qu'on lui posa concernant son voyage, il répondit que tout s'était bien passé, sauf du côté de Nowy Targ où il avait manqué être embouti par un camion. Il conclut en riant :

— Un peu plus, ce n'était pas à ma noce, mais à mon enterrement que vous alliez !

La comtesse remarqua, étourdie :

— Notez, cher Werner, que cela aurait beaucoup simplifié les choses...

Son époux et Jan la regardèrent horrifiés tandis qu'Aloïs, marquant la surprise, s'enquérait :

— Pourquoi donc ?

Sofia, prenant conscience de sa gaffe, chercha le moyen de s'en sortir, mais ne fit que s'enfoncer un peu plus :

— Eh bien ! mais... tout ce tracas qui nous est réservé... enfin, je veux dire... ces risques, n'est-ce pas, parce qu'il y a tout de même des risques, on dira ce qu'on voudra !

— Je ne vous suis pas, chère comtesse ?

— Un accident, c'est parfait, mais encore faut-il prouver que c'est un accident... Ne nous y trompons pas, toute la difficulté est là !

Le comte ne parvenait plus à avaler sa salive et Jan, affolé, se demandait de quelle manière sauver la situation. De toute façon, il ne pouvait pas la laisser parler plus longtemps. Il se jeta dans le dialogue à l'aveuglette :

— N'écoutez pas ma sœur, Aloïs... Elle a la hantise des accidents depuis que nous avons eu un... un petit cousin écrasé par une auto... Elle tient tous les chauffards pour des bandits et leurs erreurs de conduite pour des attentats longuement concertés...

Un sourire niais éclaira le visage du Suisse.

— Rassurez-vous, chère madame, le camionneur qui a failli m'envoyer dans l'autre monde l'aurait fait en toute innocence.

L'arrivée de Hildegarde permit de s'écarter d'un sujet qui devenait brûlant et, pendant que la jeune femme entraînait son fiancé à l'écart, Jan, blême de rage, demandait à voix basse à sa sœur si elle n'avait pas subitement perdu l'esprit.

Après qu'il eut échangé avec sa fiancée quelques banalités dans lesquelles il s'efforça de glisser le plus de chaleur possible, Aloïs fut confié à Tadeus dont l'allure l'impressionna. Le domestique le conduisit à sa chambre pour qu'il pût remettre un peu d'ordre dans sa tenue avant le dîner et ne manqua pas de lui signaler la belle vue qu'on avait du balcon. Aloïs s'y engagea, admira et déclara au domestique qu'il y passerait sûrement de nombreux moments. Tadeus s'inclina pour que l'autre ne vît pas la satisfaction qu'il ne parvenait pas à dissimuler complètement.

Après le dîner, alors que Feliksa et Tadeus prenaient une tasse de thé et que Grazyna essuyait la vaisselle, le sergent Wiktor Drabik réapparut. Il tint à spécifier immédiatement qu'il était là en tant que milicien. Il venait chercher des renseignements sur le nouvel hôte des Löwenberg. Les deux femmes, eobservant un silence glacial, Stanek le renseigna :

— C'est un Suisse du nom d'Aloïs Werner.

— Et qu'est-ce qu'il est venu faire ?

— Epouser Mlle Hildegarde... Vous n'allez pas nous dire que vous n'êtes pas au courant ?

— Si, mais je souhaitais une confirmation...

L'œil mauvais, la cuisinière s'approcha :

— Wiktor, si je te tolère ici, c'est à la condition que tu laisses tes manières de policier à la porte, compris ?

Le garçon regimba :

— Faudrait quand même pas oublier, Feliksa, que je suis milicien !

— A ta place, j'en serais pas si fier, mon bonhomme ! C'est un métier de fainéant ! Et je dis qu'il ne faut pas avoir grand-chose dans le ventre à ton âge pour passer son temps à espionner les autres !

Wiktor devint violet de fureur :

— J'ai la confiance du Parti, moi, Feliksa !

— Qu'une bande de propres à rien te fasse confiance, c'est pas pour m'étonner !

— Oh !... vous osez parler comme ça du Parti ?

— Oui, j'ose ! Parce que, moi, ton Parti, Wiktor Drabik, je m'assieds dessus !

Le sergent ne trouva rien à répondre. Il regarda Tadeus qui remuait son thé, le nez sur sa tasse. Il se tourna vers Grazyna qui semblait fort occupée à frotter une casserole. Amer, il constata :

— Je vois... c'est un milieu de déviationnistes, ici... un groupe antiparti... Ayez donc le courage de l'avouer, Feliksa, vous regrettez le temps des bourgeois ?

— Je regrette le temps où les gens de ton espèce, on les traitait à coups de pied dans les fesses quand ils se permettaient de se conduire comme tu le fais là où t'as pas été invité !

— Ça va... Vous avez de la chance d'être vieille et que le Parti ait autre chose à faire qu'à s'occuper de retardataires encroûtés dans le passé... mais peut-être bien que c'est vous qui montez le coup à Grazyna contre moi ?

— Demandez-le-lui !

— Non, je le lui demanderai pas ! J'ai pas d'ordre à recevoir d'une ennemie du peuple ! Mais si c'est pas vous, c'est quelqu'un d'autre... et je le découvrirai... Peut-être ce Suisse, après tout ? Il vient d'un pays capitaliste...

— Et toi, sais-tu seulement d'où tu viens ? Tu

oublies que j'ai connu ta pauvre mère quand elle était encore fille... Tais-toi, tiens, ça vaudra mieux !

Ne pouvant supporter qu'on dise du mal de Werner, Grazyna se mêla à la bagarre :

— T'as pas le droit de dire du mal du monsieur suisse, Wiktor... Il est plus gentil que toi...

— Qu'est-ce que t'en sais ?

— Il me traite toujours bien... comme si j'étais une demoiselle, et quand il m'embrasse...

Wiktor bondit :

— Quand il t'embrasse ? Parce qu'il t'embrasse ?

— Ç'est une coutume de son pays...

— Ah ?...

Son élan coupé, le sergent se promit d'interroger l'adjudant Malek sur cette coutume helvétique.

— On verra... mais un conseil, Grazyna, fais attention ! T'es ma fiancée ! Si jamais tu te conduis mal, t'entendras parler de moi !

Il eut à peine le temps de se glisser par la porte entrouverte pour éviter la bûche que Feliksa lui jetait à la tête. Tadeus finissant sa tasse de thé la reposa avec douceur avant de dire ·

— Vous êtes vive, Feliksa...

— C'est pour ceux qui le sont pas assez !

— Oh ! moi, ces histoires de jeunes gens ne m'intéressent pas. Je vais me coucher... Bonsoir...

Dans son lit douillet, Aloïs s'étalait à l'aise. Pour si tragique qu'elle dût être dans ses conséquences, la situation avait quelque chose de cocasse. Une sorte de fantastique partie de cache-chache. Werner repensa au burlesque des remarques de la comtesse lui révélant étourdiment que les Löwenberg préparaient l'accident devant lui coûter la vie. Cependant, avant de s'endormir, il se demanda pour quelles raisons les conjurés avaient cru bon — ou s'étaient vus obligés — de mettre Sofia, vraie tête de linotte, au courant de leur projet ? Mais il avait trop sommeil pour s'interroger longuement...

Huit jours après l'arrivée de Werner, on célébra ses fiançailles avec Hildegarde von Löwenberg. Ce fut une belle fête que le Suisse finança pour faire la cour à ses futurs beaux-parents. On invita les vieux amis du village et, pour ne pas avoir l'air de rompre avec le gouvernement, on pria également l'adjudant Bogdan Malek qui commandait la Milice de Zakopane. Il vint en compagnie de son meilleur ami, le curé Andrei Ptocki. L'adjudant pensait « bien », ce qui lui attirait la sympathie des montagnards, mais le confinait à Zakopane jusqu'à sa retraite. Josef Brankowski était aussi de la fête. On avait longtemps hésité, mais d'une part, Aloïs était supposé ignorer les rapports existant entre Josef et Hildegarde et, d'autre part, on ne voulut pas donner l'impression qu'on écartait Brankowski, ce qui eût matérialisé les racontars colportés et que les Löwenberg avaient toujours démentis. Tadeus s'acquitta de sa tâche de maître d'hôtel à la satisfaction générale et Feliksa connut la gloire lorsqu'on servit le « pieczen huzaeska » (1) préparé avec minutie et les « nalesniki » (2) dont chacun se régala. Seule, Grazyna, qui aidait Stanek à servir, se montra maussade. La cérémonie mettait un point final à ses

(1) Pièce de bœuf farcie avec du pain, de la crème et des champignons.
(2) Crêpes fourrées et rissolées à la poële.

songes, à la réalité desquels elle n'avait bien sûr jamais cru, mais dont, désormais, elle ne pourrait plus se bercer.

Les invités partis, Sofia estima de son devoir d'adresser quelques mots aimables à son futur gendre et à Hildegarde. Elle remercia le premier de sa générosité qui avait permis aux Löwenberg de retrouver pour une journée leur lustre d'antan et elle complimenta sa fille sur son élégance. Mais comme elle ne pouvait se débarrasser de sa hantise, elle ajouta :

— Hildegarde, tu seras une veuve adorable...

Ce qui eut pour effet de jeter un froid immédiat. Grazyna, qui desservait, entendit cette réflexion malheureuse et, à la surprise générale, poussa une sorte de gémissement fort désagréable à entendre et pâlit au point qu'on crut qu'elle allait se trouver mal. Aloïs en oublia la réflexion ingoncrue de sa future belle-mère pour ne se préoccuper que de la jeune fille tandis que Sofia, inquiète, demandait d'une voix pressante :

— Que se passe-t-il, Grazyna ? Vous êtes malade ?

— Non... non, Madame la comtesse, mais c'est... l'idée que... que M. Werner puisse mourir...

— Mourir ? En voilà une idée stupide ! M. Werner n'a nullement envie de mourir ! Qu'est-ce que vous venez nous raconter là ?

Le comte et Jan essayèrent de l'arrêter.

— Calmez-vous, ma chère... une affaire sans importance...

— Une jeune sensibilité trop vite émue...

Mais Sofia s'entêtait :

— Pas du tout ! Il faut qu'elle nous dise... qu'elle

vide son sac... Grazyna ! Qu'est-ce qui vous fait supposer que M. Werner puisse mourir ?

Werner s'amusait follement — mais intérieurement — de la mine des autres entendant les bêtises de la comtesse qui continuait :

— Allons ! Répondez, Grazyna !

— Mais c'est Madame la comtesse qui l'a dit !

— Parce que vous écoutez aux portes maintenant ?

Aloïs voyait venir le moment où Sofia révélerait tout le complot, lorsque Hildegarde, devinant la pente dangereuse où l'auteur de ses jours s'engageait, se fâcha :

— Mère ! Cette discussion est stupide ! Grazyna, regagnez la cuisine ! Ferons-nous un tour, Aloïs ?

— Avec plaisir et vous m'expliquerez ce que tout cela signifie...

— Rien qui ne doive vous préoccuper. Ma mère ne prête pas toujours attention à ce qu'elle raconte et les mots n'ont pas, pour elle, le même sens que pour nous.

Les fiancés et Grazyna ayant quitté la pièce, le comte s'emporta contre la stupidité de sa femme et Jan l'appuya :

— Sofia, si cela doit continuer ainsi, nous vous obligerons à garder la chambre jusqu'à ce que nous en ayons terminé ! Il faut que vous ayez perdu la raison pour annoncer à votre fille qu'elle sera une jolie veuve ! Pendant que vous y êtes, avertissez donc Werner de ce que nous tramons contre lui !

— Mais je ne sais plus, moi, qui est au courant et qui ne l'est pas...

— Alors, taisez-vous, c'est tout ce que nous vous demandons !

Grazyna était descendue dans le jardin pour se calmer et c'est là que Drabik la surprit. Pas mauvais garçon, le milicien s'inquiéta :

— Qu'est-ce qui t'arrive, Grazyna ? On t'a fait de la peine ?

— C'est Madame...

— Si on t'embête dans cette maison, t'as qu'à la quitter !

— T'en as de bonnes ! Où j'irai ?

— Chez moi, en devenant ma femme !

Cette perspective ne parut pas réjouir la jeune fille et Wiktor s'en rendit compte. Il en montra de l'humeur.

— T'as pas compris. C'est pas après moi qu'on en avait, mais Madame a parlé de la mort possible de M. Werner...

— Et alors ? Nous sommes tous en danger de mourir...

— Je veux pas qu'il meure, lui, il est trop gentil !

— Grazyna, tu l'aimes !

— Tu es fou ? Comment je pourrais aimer un homme qu'est sur le point de se marier ?

— Tu peux raconter ce que tu voudras ! Je sais maintenant que c'est lui qui t'a détournée de moi ! Il va apprendre comment je m'appelle !

— Wiktor, je te défends !...

Mais déjà le milicien s'éloignait à grands pas, trop absorbé par ses projets de vengeance pour entendre Grazyna. Le hasard voulut qu'il rencontrât Werner qui, ayant raccompagné Hildegarde, était retourné acheter des cigarettes. A la vue de son travail, Drabik marqua un temps d'arrêt, puis fonça :

— Vous avez pas honte ? Ah ! elles sont jolies les mœurs capitalistes ! C'est du propre !...

Stupéfait, Aloïs le contempla :

— Qu'est-ce que vous me voulez ?

— Faites pas l'innocent, je suis au courant ! Et ça se passera pas comme ça !

— Au courant de quoi ?

— Qu'elle vous aime !

— Mais je l'espère bien !

— Et vous osez vous en vanter ?

— Dame ! Mettez-vous à ma place ?

— Mais j'y étais à votre place ! C'est moi qu'elle aimait avant que vous arriviez !

— Vous ?

— Oui, moi ! Et si je portais pas cet uniforme, je vous casserais la figure !

— Vous me dites bien qu'elle vous aimait... vous ?

— Parfaitement ! Ça vous paraît incroyable ?

— Ma foi, assez, oui...

Wiktor sauta en l'air tant la fureur lui faisait perdre la raison :

— Alors, vous pensez qu'on a tout fichu sens dessus dessous en Pologne pour que vous veniez nous chiper nos femmes ? Vous en avez donc pas chez vous ?

— Ça ne vous regarde pas !

— Vous trouvez ? Et si je vous arrêtais, hein ?

— M'arrêter ? Elle est bien bonne ! Et sous quel prétexte ?

— Pour atteinte à la sûreté de l'Etat !

— En voulant conserver la femme que j'aime ?

— En détruisant un foyer qui allait se fonder vous tentez de ruiner la cellule-mère de la République Démocratique et Socialiste de Pologne ! Vous êtes un agent de l'étranger ! Peut-être même un espion, qui sait ? Allez ! Ouste ! Suivez-moi !

— Vous êtes fou ?

— Ça, ce sont mes chefs qui en jugeront !

Les choses menaçaient de tourner très mal lorsqu'un secours inattendu survint à Werner sous l'aspect de Feliksa qui, un panier rempli de choux rouges au bras, regagnait le chalet.

— Wiktor ! Quelle idiotie es-tu encore en train de commettre ?

— Vous mêlez pas de ça, Feliksa, ou je vous embarque avec cet ennemi du peuple !

Apaisante, la cuisinière s'adressa à Aloïs :

— Faites pas attention, Wiktor est fou... Il l'a toujours été...

Indigné, Drabik réagit violemment :

— Fou, parce que je veux pas que ce suborneur me prenne ma Grazyna !

Werner protesta :

— Qu'est-ce que vous venez me chanter avec Grazyna ? C'est d'Hildegarde von Löwenberg que nous parlions !

— Hildegarde von Löwenberg ? Mais qu'est-ce que j'ai à en faire, moi, d'Hildegarde von Löwenberg ?

On s'expliqua sur le malentendu. Wiktor, rasséréné, exprima ses regrets que le Suisse accepta de bon cœur et le milicien regagna son logis, laissant Feliksa et Werner en tête à tête. La vieille femme pria ce dernier de bien vouloir la suivre, car elle avait à lui parler. Intrigué, il déféra à ce désir. Quand ils furent dans la cuisine, où Feliksa s'excusa de l'introduire — mais il lui fallait son décor familier pour se sentir à l'aise — elle déclara :

— Voilà, monsieur Werner... la dispute avec Wiktor, ça compte pas... cependant, cet imbécile avait pas tout à fait tort...

— Par exemple ? Et en quoi pouvait-il...

— Attendez... Je vais vous confier un secret qui m'appartient pas... aussi, il faut en parler à personne ?

— Je vous le promets.

— Grazyna vous aime.

— Grazyna ?

— Oui, elle s'en rend peut-être pas bien compte elle-même, mais je le sais... Vous l'avez embrassée... comme on fait dans votre pays avec les domestiques...

— Dans mon pays ? Mais on n'embrasse pas les domestiques !

— Alors, pourquoi embrassez-vous Grazyna ?

— Mon Dieu, je ne sais pas trop...

— La petite s'est monté la tête... J'aime beaucoup Grazyna... C'est un peu la fille que j'aurais pu avoir... Voulez-vous prendre garde à pas vous montrer trop gentil pour qu'elle guérisse plus vite ?

— Mais bien sûr !... Si je me doutais !...

— C'est ça, le malheur ! On se doute jamais... et vous êtes sûrement un brave garçon... Vous m'excuserez de vous parler aussi familièrement...

— Je vous en remercie, Feliksa... Je ne souhaiterais pour rien au monde que cette enfant soit malheureuse par ma faute... et puis, voyons, je suis un vieux monsieur pour elle...

— Il paraît pas...

— Je me surveillerai... comptez sur moi... et bien

que je sache maintenant que ce n'est peut-être pas très bien, voulez-vous me permettre de vous embrasser ?

Et avant que Feliksa, interloquée, ait pu répondre, Aloïs lui plaquait un gros baiser sur les deux joues.

Grazyna, revenant du jardin où elle avait pu pleurer tout son soûl — une fois Wiktor parti — et à l'abri des regards indiscrets, crut que sa vieille amie était malade en la voyant sur sa chaise, les mains jointes, les yeux dans le vague.

— T'es pas souffrante, Feliksa ?

La cuisinière parut s'imposer un effort pour revenir dans le monde réel.

— Non... je suis pas souffrante...

— T'as quelque chose ?

— Oh ! une bêtise...

— Dis-moi ?...

— Monsieur Werner est venu ici...

— Ici ?

— Ici, oui... nous avons bavardé et... et il m'a embrassée...

— Et alors, tu vas quand même pas me dire que t'es tombée amoureuse de lui ?

— Grazyna, je te prie de me respecter !... Non, mais vois-tu, petite, je vais te faire rire... c'est la première fois qu'on m'embrassait... un homme, du moins... et je pense que c'est aussi la dernière... Alors, ça m'a un peu retournée...

Elle se leva, massive, puissante et changeant de ton :

— Mais assez rêvassé... Il y a du travail pour nourrir tout ce monde... Seulement, si tu souhaites connaître mon opinion, Grazyna... ce Suisse, c'est quelqu'un de très bien et à lui seul, il vaut tous ceux de là-haut...

L'agent d'Harry Crocet comprit qu'il vieillissait vraiment ce soir-là car, pour la première fois de son existence, il s'attendrissait à propos d'une femme. Jadis, il eût souri de la révélation de la cuisinière touchant la supposée tendresse que lui portait Grazyna. Aujourd'hui, à propos de cet attachement — pour si extravagant qu'il puisse paraître — il rêvait. C'est vrai qu'elle était jolie cette petite Polonaise... Il la voyait déjà à Londres, s'occupant de lui, tenant leur foyer et — pourquoi pas ? — lui donnant un ou deux beaux enfants... Mais n'ayant point perdu en Pologne le sens de l'humour, il se moqua de lui-même. Grazyna avait beau prétendre que l'âge importait peu, en se regardant dans la glace de sa table de toilette, il s'avouait forcé de reconnaître que le poids des ans n'était pas du tout une invention de poète...

Lorsque le comte proposa à son hôte — qui en tant que Suisse devait goûter les courses en montagne — une excursion de deux jours dans les Tatras avec Hildegarde pour compagne et Jan pour chaperon, Werner se dit que la première attaque se dessinait et qu'il devrait redoubler de prudence. Pendant quarante-huit heures, il épia chaque geste, surveilla chaque mouvement de ses équipiers. Il prit soin de ne rien manger de ce que préparait l'oncle Jan avant que le Polonais n'ait lui-même goûté aux plats qu'il servait. Dans certains passages difficiles, Werner pensa qu'il lui serait facile de châtier du même moment deux des trois assassins de ses camarades du M. I. 5, mais il lui répugnait de s'y prendre de cette manière. Il préférait la contre-attaque et vaincre ses adversaires avec les armes mêmes dont ils useraient contre lui. Pour sa dernière mission, il tenait à réussir un petit chef-d'œuvre tactique. Joueur d'échecs passionné, il considérait cette lutte pour la vie l'opposant aux Löwenberg comme une partie dont le ou les perdants ne joueraient plus jamais à quoi que ce soit.

Mais ce que Werner ignorait, c'est que le comte n'avait monté cette excursion montagnarde que pour permettre à Tadeus de préparer l'accident devant coûter la vie au Suisse. Pour agir, Stanek attendit qu'il n'y eût plus personne dans la maison. Les domestiques s'étonnèrent bien un peu de ces missions lointaines dont on les chargeait et qui les envoyaient à des kilomètres du chalet. Le balcon se trouvait en si piteux état que Tadeus n'éprouva pas beaucoup de mal à achever sa ruine. Afin que le « malheur » ne se produisît pas avant qu'il ne l'eût décidé, Stanek plaça quelques renforts qu'il n'aurait qu'à enlever le moment venu. La veille du jour où les fiancés et Jan devaient rentrer, tout fut prêt. Le maître d'hôtel tint à en avertir le comte, mais s'arrêtant à la porte du salon, il prêta l'oreille. Son maître recevait. Il regarda par le trou de la serrure et vit qu'il s'agissait de Josef Brankowski en train de se plaindre. Il écouta, car la chose l'intéressait, le sieur Brankowski pouvant faire l'objet d'un profitable chantage quand les autres auraient été pressurés.

Josef disait son dépit du départ d'Hildegarde et d'Aloïs. Gunther eut beau tenter de l'apaiser en lui rappelant que son frère les accompagnait, Brankowski connaissait trop bien Jan pour que cela pût le rassurer. A bout de patience, le comte s'écria :

— Mais, enfin, un peu de patience, Josef ! Ce sera fini dans quelques heures ! Après, vous aurez toute la vie devant vous !

Boudeur, le garçon secoua la tête :

— On dit ça...

— Mais puisque je vous assure que celui qui prépare la mise en scène connaît parfaitement son affaire !

Stanek estima prudent d'interrompre une conversation où son nom risquait d'être prononcé. Il ne tenait absolument pas à une quelconque publicité. Il pénétra dans le salon et, s'inclinant :

— Me sera-t-il permis d'entretenir M. le comte d'une question urgente ?

— Mais, Tadeus, ne voyez-vous pas que je suis occupé ?

— Je ne me serais pas autorisé à déranger M. le comte si je n'y étais contraint...

Comprenant qu'il devenait importun, Brankowski se retira.

— Eh bien ! Tadeus, je vous écoute ? Qu'avez-vous à m'apprendre de si grave ?

— Que je serais navré de faire subir à M. Brankowski le sort de M. Werner...

— Quoi ?

— Je rappelle à M. le comte que le service que je rends à M. le comte doit être tenu secret et qu'à mon grand regret, il me faudrait éliminer ceux qui en sauraient trop... Un meurtre n'est pas une plaisanterie, monsieur le comte... On y risque sa tête et j'ai la faiblesse de tenir à la mienne. Sur ce, j'ai l'honneur d'annoncer à M. le comte que tout se passera dans la nuit de demain ou au petit matin... J'enlèverai du balcon ce que je dois retirer pendant que M. Werner sera en train de dîner... Après, il s'arrangera avec le ciel.

Le thé qui suivit le retour des fiancés à Zakopane fut très gai. Aloïs s'appliqua à témoigner d'une humeur enjouée. A l'écouter, on avait l'impression que, plein du souvenir des admirables paysages des Tatras et pénétré de son amour pour Hildegarde, il tenait à partager son bonheur avec tout le monde. Il décrivait ce qu'il avait vu avec un enthousiasme atteignant parfois au lyrisme. Il s'extasia même sur un cimetière de montagne dont il avait apprécié la reposante et poétique douceur. Sofia qui, jusque-là, un peu gênée, s'était tue, lui donna la réplique : réplique :

— C'est étrange que vous ayez été touché par la grâce de ce cimetière...

Les autres, prévoyant la suite toussèrent, raclèrent des pieds, mais lorsque la comtesse se lançait, il s'avérait difficile de la freiner :

— Croyez-vous aux prémonitions, cher Aloïs ?

— Non

— Eh bien ! vous avez tort... Il est vrai que vous n'aurez pas le temps de vous en rendre compte...

— De quoi ?

Alors, elle aperçut les regards courroucés de ses parents et elle prit conscience de ce qu'elle disait. Elle se rattrapa comme elle le put :

— Quand vous en serez à votre dernière heure — qui n'est pas pour demain ! — quoi que vous en puissiez penser...

Tout guilleret, Werner affirma :

— Je vous jure que je n'envisage absolument pas une pareille éventualité !

Hildegarde interrompit ce dialogue en déclarant :

— Je vais me reposer un instant... Je suis sûr qu'Aloïs a envie d'en faire autant.

— Ma foi, je me sens en pleine forme, mais j'irai me changer avec plaisir.

Le comte admira l'esprit d'à-propos de sa fille et, voyant Stanek occupé à ramasser les tasses et les soucoupes, il lui commanda :

— Conduisez donc monsieur Werner dans sa chambre, Tadeus, et montez son sac de montagne.

Aloïs protesta :

— Mais non, mais non, ne vous dérangez pas...

Sofia, qui cherchait à se rattraper, lança :

— Mais si ! C'est peut-être la dernière fois qu'il vous rend ce service...

De nouveau, il y eut un silence glacial, et Werner voulant être aimable demanda :

— Auriez-vous l'intention de nous quitter, Tadeus ?

— Sans doute, Monsieur... demain matin au plus tard...

— J'en suis navré... vous emporterez mes regrets...

— Si Monsieur m'y autorise, je dirai qu'il en sera de même pour moi à l'égard de Monsieur...

Dans la chambre, Tadeus attira l'attention de Werner sur la beauté du coucher de soleil dans l'espoir que ce dernier gagnerait le balcon dont il avait retiré les supports mobiles. Mais Aloïs en avait assez de la contemplation ds paysages et il pria le domestique de lui faire monter de l'eau chaude. Ce fut Grazyna qui la lui apporta. Interrogeant aimablement la jeune fille, il apprit que Feliksa et elle-même avaient été envoyées au diable pour aller chercher des choses inutiles. Les Löwenberg avaient dû se contenter d'un repas froid. Parce qu'il était bien décidé à ne rien laisser passer de ce qui sortait de la normale, Werner interrogea plus avant Grazyna qu'il trouvait, d'ailleurs, de plus en plus à son goût.

— Tadeus a-t-il également été expédié au loin ?

— Non... il avait du travail.

— Ah ?

— Il paraît, d'après ce que m'ont dit les voisins, qu'il a réparé le balcon...

Cette réflexion déclencha dans l'esprit de l'agent du M. I. 5, le rappel de l'insistance du domestique à l'envoyer sur le balcon pour y apprécier le coucher de soleil. Intrigué, il se demanda si c'était là la première offensive ? Il congédia Grazyna et, resté seul, il se mit à plat ventre pour inspecter précautionneusement le balcon et ne tarda pas à se rendre compte du sabotage. Il se releva, sourit et s'appliqua à sa toilette tout en sifflotant « La marche du colonel Bogey ». Quand il fut presque prêt à descendre, il sonna Tadeus et lorsque ce dernier fut là, il le pria de bien vouloir lui nouer sa cravate. L'Anglais s'était arrangé pour que le Polonais tournât le dos à la fenêtre et remarqua :

— C'est vrai que ce coucher de soleil est magnifique...

Le domestique sauta sur l'occasion offerte :

— Et Monsieur ne s'en rend pas complètement compte d'ici. Monsieur devrait se rendre sur le balcon... en se penchant un peu, il apercevrait la vallée illuminée sur sa droite. C'est tout simplement féerique !

Tadeus ouvrit la porte-fenêtre à deux battants et, dans un sourire :

— Si Monsieur veut se donner la peine ?

Rapide, Werner se plaça devant le Polonais :

— Il n'y a pas de raison que je profite seul du spectacle, Tadeus... Passez devant, je vous suis.

L'assassin en puissance blêmit :

— Je ne me permettrais pas...

— Allez voir le coucher de soleil, Tadeus !

Et d'une violente bourrade, Werner poussa le domestique qui, partant à reculons, heurta violemment la rambarde du balcon.

Au salon, Hildegarde éprouvait les plus grandes peines à calmer son oncle. Une fois de plus, Sofia pleurait toutes les larmes de son corps sous les reproches qui l'accablaient. Oubliant sa parfaite éducation, Jan l'avait traitée de vieille perruche et le comte lui faisait une mine affreusement renfrognée. Quant à Hildegarde, froide et coupante, elle affirmait à sa mère qu'à la première nouvelle incontinence de langage, elle l'enfermerait dans sa chambre d'où elle n'aurait permission de sortir que lorsque tout serait terminé. La pauvre comtesse se défendait de son mieux lorsqu'un cri strident, suivi d'un fracas sur la nature duquel ils eurent tout de suite une certitude, suspendit leur querelle. A peine le comte balbutiait-il :

— Mais... mais... il nous avait annoncé que ce serait seulement pour cette nuit ?...

que Grazyna, affolée, faisait irruption en criant :

— Un malheur ! Un affreux malheur !

Jan l'interrompit d'un sec :

— Calmez-vous, ma fille ! Il ne sert à rien de crier...

La petite Polonaise protesta :

— J'étais juste dehors quand c'est arrivé... J'ai vu le balcon qui se détachait... Il est tombé avec... un bruit épouvantable... un bruit que j'oublierai jamais !...

— C'est bien... Je comprends que vous ayez été impressionnée... Il... il est mort ?...

— Il y a toutes les chances, Monsieur le comte... avec les grosses pierres du fond du ravin... C'est horrible !

Hildegarde crut opportun de s'évanouir en poussant un faible :

— Le malheureux...

Sa mère lui prit la main qu'elle tapota :

— Remets-toi, mon enfant... Dieu ne voulait sans doute pas qu'il vive plus longtemps... Il n'a sûrement pas souffert... N'est-ce pas, Grazyna ?

— Je... je crois pas, Madame la comtesse.

Kotlowski remarqua :

— Il faut envoyer chercher le corps en espérant que le pauvre garçon n'est que blessé.

— Les hommes sont déjà partis, Monsieur.

Hildegarde entrouvrit un œil et chuchota d'une voix mourante :

— Il m'était si attaché...

Entre ses paupières mi-closes, Mlle de Löwenberg observait Grazyna. La servante pourrait témoigner du chagrin de la fiancée. Prenant l'air que les circonstances imposaient, le comte s'adressa à son beau-frère :

— Jan, je crois que vous devriez télégraphier ou téléphoner au consulat suisse de Cracovie. M. Werner avait beau être protestant, j'estime — puisque nous n'avons pas de pasteur sous la main — que la bénédiction d'un prêtre ne sera pas déplacée. Grazyna, vous irez prévenir Andrei Potocki... qu'il vienne au plus vite afin que M. Werner ne s'en aille pas sans la recommandation dont nous aurons tous besoin un jour ou l'autre.

Ouvrant de grands yeux, la domestique osa interroger son patron :

— M. Werner s'en va ?

Jan se tourna vers la sotte et avec un soupir tout à fait de circonstance :

— Il est même déjà parti si j'en crois ce que vous êtes venue nous annoncer.

— Moi ?

Tant de stupeur incrédule résonnait dans la voix de Grazyna qu'Hildegarde elle-même estima nécessaire de reprendre ses sens pour s'exclamer :

— Enfin, imbécile, ne viens-tu pas de nous apprendre que mon pauvre fiancé s'était tué en tombant du balcon ?

— Mais non, Mademoiselle ! C'est pas M. Werner qui s'est écrasé dans le ravin, mais Tadeus ! M. Werner est descendu avec les autres pour le chercher !

La jeune fille fut bien un peu surprise qu'à cette nouvelle ses maîtres ne manifestassent pas immédiatement une joie délirante. Au contraire, ils lui paraissaient pétrifiés. Le comte, en dépit de sa stupeur, devina le désarroi de la servante et, pour s'en débarrasser, lui ordonna :

— De toute façon, allez chercher Andrei Potocki.

Grazyna quitta la pièce. Les Löwenberg, ne comprenant rien à ce qui avait pu se passer, demeurèrent un moment sans prononcer un mot. Jan résuma l'opinion générale :

— Qu'est-ce que cela signifie ?

Irritée par cette comédie inutile, Hildegarde donna libre cours à sa mauvaise humeur :

— Voilà ce qui arrive quand on s'en remet à des étrangers du soin de régler des affaires de famille !

Se sentant particulièrement visé, son père protesta :

— Comment aurais-je pu me douter ? Il semblait si compétent... Il aura voulu essayer lui-même son piège... Il avait peut-être trop de conscience professionnelle...

Mais Sofia, pratique, remarqua :

— Conscience professionnelle ou non, nous en sommes au même point qu'il y a huit jours... Ah ! on ne peut plus compter sur personne aujourd'hui...

Comme pour justifier la justesse de cette affirmation, un coup de tonnerre gronda dans le ciel encore serein de cette fin d'après-midi. Le temps se gâtait sur Zakopane.

CHAPITRE IV

L'adjudant Bogdan Malek, chef des six miliciens composant la garnison de Zakopane, un célibataire de nature morose, regrettait le vieux temps. A deux ans de la retraite, la perspective de son départ ne l'effrayait pas, car son métier l'écœurait. Dans ses moments de liberté, il rejoignait son ami d'enfance, Andrei Potocki, le curé du village, et, ensemble, ils passaient leurs soirées d'hiver à jouer aux échecs tandis que l'été, ils fumaient côte à côte leur pipe, assis sur le banc devant le presbytère, répondant au salut fraternel des paysans rentrant des champs ou des commerçants se rendant au café. On savait gré à Bogdan de sa gentillesse que, seul, Wiktor Drabik parvenait à lui faire oublier par instants. Wiktor était un produit de la nouvelle génération, celle qui avait pris le camarade Gomulka pour guide et tenait la Russie pour la grande aînée montrant à la petite sœur polonaise le chemin du paradis démocratique. Solide dans sa foi, le sergent Drabik s'irritait de constater l'hostilité sournoise de ses compatriotes à l'égard des chefs de Varsovie et enrageait de voir son supérieur hiérarchique encourager les mauvaises têtes de Zakopane au lieu de les mettre au pas. Mais, grâce au ciel, Wiktor s'affirmait plus bête que méchant et nul ne le craignait beaucoup. Quant aux cinq autres miliciens, ils se révélaient de bons pères de famille, soucieux de ne déplaire à personne et n'aspirant qu'à finir leur temps dans la quiétude la plus complète.

Grazyna introduisit l'adjudant Malek dans le salon où Löwenberg l'attendait. Les deux hommes se connaissaient de longue date. Bogdan, après la mort de Tadeus Stanek, était venu procéder aux constatations d'usage avant de se mettre en relation avec Cracovie où il devait adresser son rapport. Tout semblait s'être admirablement passé. Le comte croyait l'affaire terminée et la visite de l'adjudant le surprenait sans l'inquiéter outre mesure. Lorsqu'ils se furent serré la main, ils s'installèrent dans les fauteuils qui garnissaient la grande pièce du chalet. Le comte attaqua tout de suite :

— Est-ce une visite professionnelle, cher Malek ?

— Si l'on veut, Monsieur le comte... A vrai dire, une simple vérification...

— Je vous écoute ?

— Voilà... J'ai reçu les papiers concernant Tadeus Stanek. Saviez-vous que c'était une crapule ?

Gunther joua l'étonnement :

— Une crapule ?

— Au sens exact du mot, Monsieur le comte. Il comptait de nombreuses années de prison à son palmarès pour vol simple, vol à main armée, trafic de denrées et même pour chantage.

— Par exemple !

— Vous l'ignoriez, n'est-ce pas ?

— Vous pensez bien, Malek, que mis au courant, jamais je n'aurais introduit cet homme chez moi !

— J'en suis convaincu, Monsieur le comte, mais mes chefs sont curieux de savoir pour quelles raisons il se trouvait chez vous... en bref, ce qu'il préparait...

— Ma foi...

— Comment l'avez-vous engagé ?

— Sa sœur travaillait chez nous, jadis... Nous n'eûmes qu'à nous louer de ses services et, du temps qu'elle se trouvait à la maison, j'ai eu l'occasion d'apercevoir son frère qui, je l'avoue, par sa tenue, me fit alors excellente impression...

— C'est justement ce qui lui permettait de mener à bien ses escroqueries. Il inspirait confiance...

— Aussi, lorsque j'ai eu besoin d'un domestique, j'ai pensé à lui... Il était libre. Et voilà toute l'histoire.

— Je vois... Eh bien ! Monsieur le comte, il n'y a, à mon sens, que deux explications : ou il avait besoin de changer d'air par suite d'un mauvais coup qu'il venait de commettre et que la Milice de Cracovie finira bien par découvrir, ou il n'a accepté de venir chez vous que pour préparer quelque tour à sa façon... Enfin, il est mort, Dieu ait son âme, quoique je ne pense pas qu'elle ait été bien accueillie là-haut...

Lorsque Bogdan Malek quitta le salon, Gunther respira plus à l'aise.

Le cimetière de Zakopane est un des plus jolis endroits qui se puisse imaginer. On y pénètre par une porte creusée dans un vieux mur et, aussitôt, on avance dans un parc aux frais ombrages où des tombes pittoresques s'abritent sous les feuillages. Les plus délicates et les plus pieuses fantaisies se sont donné libre cours pour façonner les pierres tombales et la dévotion a inventé mille charmantes ruses pour trouver une place aux saints familiers près des morts auxquels ils paraissent tenir compagnie. Si l'on ajoute que cet étonnant cimetière surplombe la vallée et offre un magnifique panorama aux visiteurs et promeneurs, on ne s'étonnera pas qu'il soit un lieu de rencontre particulièrement apprécié pour tous ceux qui, à Zakopane, se sentent un peu de vague à l'âme et, notamment, les amoureux.

Séduit par la beauté étrange du décor, Aloïs prêtait peu d'attention aux prières qu'Andrei Potocki récitait sur la fosse où l'on venait de descendre le cercueil de Tadeus Stanek. Lorsqu'il eut assez admiré les tombes et les arbres, il regarda autour de lui et surprit Josef Brankowski contemplant Hildegarde avec des yeux tout à la fois tendres et furieux. Werner voulut s'amuser à exciter la jalousie du champion dont les colères pourraient peut-être l'aider en brouillant les plans des Löwenberg. Sitôt la cérémonie terminée, il s'en fut prendre le bras d'Hildegarde pour aller avec elle s'appuyer au mur bas dominant la vallée. La fille de Sofia qui se savait observée par Josef paraissait gênée. Aloïs feignit de ne pas s'en apercevoir et mit un malin plaisir à se montrer plus empressé encore que de coutume.

— Jamais je n'aurais pu supposer qu'il existât un pareil endroit au monde... et vous avoir près de moi dans un tel lieu m'incline à croire aux contes de fées.

— Vous êtes gentil, Aloïs, mais ne nous séparons pas des autres pour le moment...

— Les autres ne comptent pas, Hildegarde, quand nous sommes ensemble !

— Je sais, mais en Pologne, et plus particulièrement à Zakopane, on est très strict sur le respect dû aux morts...

— Estimerez-vous que vous redire mon amour, c'est leur manquer de respect ? Ils ont aimé, eux aussi !

Et Werner entoura de son bras la taille de sa fiancée. Hildegarde, ne voulant pas se montrer brutale, la situation se révélait sans issue lorsque Brankowski, n'y pouvant plus tenir, s'approcha d'eux.

— Hildegarde !

Aloïs se retourna et la jeune femme en profita pour s'écarter légèrement de lui. Conscient de la colère et de l'inquiétude qui brillaient dans les prunelles de sa bien-aimée, Josef expliqua d'un ton moins autoritaire :

— M. Werner n'est pas au courant de nos habitudes, mais, vous, vous devez savoir qu'il vous faut rester avec nous...

Aloïs jugea nécessaire de céder à l'irritation :

— Et de quoi vous mêlez-vous ? Vous n'êtes pas maître des cérémonies, j'imagine ?

— Je me mêle d'apprendre à un étranger ce que son absence de tact lui laisse ignorer !

— Si j'ai des leçons à recevoir, ce n'est pas à vous que je les demanderai !

— Dommage ! car je serais toujours disposé à vous en donner !

Pour éviter un éclat, Hildegarde intervint :

— Eh bien ! en voilà des façons ! Qu'est-ce qui

vous arrive, Josef ? Et vous, Aloïs, que je croyais si pondéré ?

— Je déteste les gens qui s'occupent de ce qui ne les regarde pas !

— Je suis certaine que Josef n'a agi que dans notre intérêt. Vite ! Serrez-vous la main ou je me fâche avec vous deux...

Après une hésitation volontairement marquée, Werner tendit la main à Brankowski qui la serra sans la moindre chaleur et le trio rejoignit les Löwenberg. Mais l'algarade avait eu un témoin d'importance : le sergent Wiktor Drabik qui, comme tout le monde, suivait l'enterrement pour se distraire d'abord, et, ensuite, pour rencontrer Grazyna qui, dès ses premiers mots, l'avait envoyé promener. La colère le poussa à se mettre un peu à l'écart et c'est ainsi qu'il put surprendre la courte altercation entre les deux hommes. Intéressé, il se promit de savoir ce que cela signifiait car l'excuse fournie par Brankowski pour légitimer son intervention ne tenait pas debout. Décidément, il se passait de bien curieuses choses chez les Löwenberg.

Feliksa n'avait pas voulu se rendre au cimetière et, lorsque Grazyna lui en demanda les raisons — elle savait la vieille cuisinière attachée au culte des morts — elle se fit rabrouer d'importance. Du coup, le dîner s'était déroulé dans un silence complet, les deux femmes jetant de temps à autre un rapide coup d'œil vers la chaise où, d'ordinaire, Tadeus s'asseyait.

Vers la fin de leur sommaire repas, Feliksa déclara d'une voix grave :

— De toute façon, c'était une canaille...

— Qui ça ?

— Stanek, pardi !

— T'en es sûre ?

— J'ai rencontré Bogdan qui m'a mise au courant. Il avait reçu des papiers de Cracovie... Il le soupçonne même d'être venu ici dans de mauvaises intentions.

— Contre qui ?

— Comment le deviner ?

— Et c'est pour ça que nous as pas accompagnés au cimetière ?

— Pour ça et pour autre chose qui te regarde pas !

Elles se disposaient à monter se coucher lorsque Wiktor Drabik se présenta. A sa vue, la cuisinière grommela :

— Il manquait plus que celui-là !

Agressive, elle accueillit le visiteur avec hargne :

— Ça te viendrait pas à l'idée qu'on a envie d'aller se reposer quand on a travaillé, Wiktor ? Il est vrai que toi, tu dois pas souvent être fatigué... Qu'est-ce que tu viens fouiner ici ?

Sans se laisser démonter, le sergent ôta sa casquette et, s'asseyant sans y être invité, il annonça d'un air plein de sous-entendus :

— J'enquête...

Feliksa n'aimait pas qu'on adoptât ce genre de manière avec elle.

— Joue pas les mystérieux, Wiktor, c'est pas ton genre ! Vide ton sac et fiche le camp !

Le milicien sortit un paquet de cigarettes de sa poche, en prit une, l'alluma, aspira un peu de fumée qu'il rejeta avec une application insolente, puis :

— Mon opinion, Feliksa, c'est que s'il y a du mystère, c'est ici qu'il se trouve... dans cette maison...

— T'es soûl ou quoi ?

— Je suis pas soûl, mais je suis allé examiner ce qui reste du balcon là-haut...

— Tu manques pas de culot !

— Dans notre métier, c'est indispensable.

— Et alors, qu'est-ce que t'as vu qui te permet de prendre ce ton ?

— Oh ! pas grand-chose... seulement que le balcon avait été scié... de façon adroite, je le reconnais, mais j'ai été apprenti menuisier autrefois, je sais encore reconnaître un trait de scie même quand on le camoufle...

— Tu divagues !

— Oh ! que non... Feliksa, la mort de Tadeus Stanek est pas due à un accident, mais à un crime !

— En voilà bien une autre !

— Vous pouvez raconter ce que vous voulez, je suis sûr de ce que j'avance : il y a un assassin dans ce chalet...

Hébétée, Grazyna le contemplait :

— C'est pas possible, Wiktor, que tu dises des horreurs pareilles ?

— Vaut mieux les dire que les faire, ma jolie !

La cuisinière mit les poings sur les hanches :

— Et cet assassin, espèce de malfaisant, qui c'est donc ?

— Je sais pas...

— Bien sûr !

— Mais vous tenez pas en souci, je le trouverai !

— Ce sont des inventions ! T'espères te faire mousser, Wiktor ! Tu souhaites attirer l'attention sur toi et prendre la place de Malek ! Alors, t'inventes n'importe quoi... Seulement, ça te retombera sur le nez, mon bonhomme !

— Pas prouvé...

En garçon sûr de lui, Wiktor mit les coudes sur la table et répéta :

— Pas prouvé, je le répète... Il y a d'ailleurs qu'à procéder par élimination...

— Par... quoi ?

— Par élimination... c'est-à dire en s'ôtant de l'esprit, un à un, ceux qu'on peut pas soupçonner... ceux qui sont forcément innocents, quoi... la comtesse... son mari... Il y a bien son frère, mais c'est un pas grand-chose et il serait incapable d'un truc comme ça... trop pénible pour lui...

— Alors, si je comprends bien, tu penses à Mlle Hildegarde ?

— Ou à son promis... ce Suisse...

Grazyna fonça sur le sergent se balançant sur sa chaise et l'envoya rouler au sol avant qu'il ait eu le temps de se mettre sur ses gardes.

— Mais c'est pas Dieu possible que tu sois si mauvais, espèce de maudit !

Empêtré dans sa chaise, Wiktor hoquetait de rage. Il réussit à se relever et hurla :

— Ah ! ah ! tu t'es trahie, espèce de rien du tout ! T'es amoureuse de ce capitaliste ! Ose dire le contraire ! Vous devez fricoter de drôles de trucs derrière le dos de Mlle Hildegarde ! Une dégoûtante, voilà ce que t'es ! Mais je le coincerai ton type ! T'entends ? Je le coincerai !

Au même moment, Drabik se sentit emporté. Il se débattit en vain. Feliksa l'ayant empoigné par le col de sa tunique l'entraînait jusqu'à la porte. Arrivée là, elle le lâcha et tandis qu'il reprenait son souffle, elle le calotta durement deux fois. Des larmes d'humiliation montèrent aux yeux du garçon.

— Je... je vous tuerai pour... pour ça, Feliksa... Et toi, Grazyna, rappelle-toi que ton Suisse, je l'y foutrai en prison... parce que c'est un assassin !

La cuisinière ouvrit la porte :

— Va finir de parler ailleurs, imbécile ! Tout ce que tu racontes a pas le sens commun !

— Vous changerez d'avis quand vous saurez que Stanek était un maître chanteur... un homme qui détenait des secrets et qui demandait de l'argent pour pas les raconter... Et alors, qui pouvait-on faire chanter ici ? Mlle Hildegarde sur son amitié avec Brankowski ? Mais, ça, tout le monde est au courant... Alors, il faut chercher ailleurs...

— Eh bien ! cherche et laisse-nous tranquilles... et, surtout, t'avise pas de reparler à Grazyna comme tantôt, sans ça je te calotte devant tout le monde cette fois !

Drabik feignit de sortir, mais sur le seuil, il se retourna :

— Demandez-vous donc, les femmes, si ce Suisse aurait pas commis dans son pays quelque chose de très moche... quelque chose que Stanek aurait appris et qu'il espérait monnayer... Ça expliquerait sa mort, non ?

Bogdan Malek s'appliquait à fignoler son rapport

contre le Suisse qui ne pensait qu'à sa fiancée, concluant au décès accidentel de Tadeus Stanek lorsque le sergent Drabik se présenta devant lui. Les deux hommes connaissaient les sentiments qu'ils nourrissaient l'un pour l'autre, aussi ne prenaient-ils pas la peine de feindre.

— Qu'est-ce que vous désirez, sergent ?

— Vous parler, mon adjudant.

— Je suis occupé.

— Mais ce que j'ai à vous dire est important... c'est à propos de la mort de Stanek...

L'adjudant regarda soupçonneusement son assistant puis, repoussant les papiers étalés devant lui :

— Allez-y, je vous écoute ?

— Mon adjudant, je suis à peu près certain que Tadeus Stanek a été assassiné.

Małek en fut tellement suffoqué qu'il ne répondit pas immédiatement. Quand il le fit, il prit un ton promettant à Wiktor pas mal d'ennuis s'il s'était avisé de plaisanter.

— Qu'est-ce que c'est que cette histoire idiote ?

— Vous réagissez comme Feliksa Otchokowa, la cuisinière des Löwenberg, mon adjudant. On dirait que parce qu'il s'agit de bourgeois, on n'a pas le droit de chercher la vérité !

— Gardez vos réflexions, sergent Drabik, et expliquez-vous !

Wiktor parla du balcon scié et de ses soupçons quant à Aloïs Werner.

— Moi, mon adjudant, du premier moment que je l'ai vu ce Suisse, j'ai compris que c'était un capitaliste pourri venu chez nous uniquement pour essayer de saboter notre démocratie socialiste... Heureusement que les vrais communistes restent vigilants !

L'adjudant se leva, mit sa casquette en ordonnant :

— Attendez-moi là, communiste vigilant, je vais procéder à ma petite enquête moi aussi et j'espère pour vous que vous ne m'avez pas raconté de bobards !

Avant de pénétrer dans la cuisine, Bogdan Malek frappa discrètement et attendit qu'on le prie d'entrer. C'était un homme de bonnes manières et qui plaisait bien pour cela à Feliksa. La cuisinière se trouvait seule. A la vue du milicien, elle montra un visage souriant. Pendant quelques instants, elle allait pouvoir s'offrir la joie de vivre dans l'atmosphère d'autrefois.

— Je ne vous dérange pas, Feliksa ?

— Vous me dérangez jamais, Bogdan. Prenez donc une chaise et apprenez-moi ce qui me vaut votre visite ?

— Un rapport du sergent Drabik.

— Ce mauvais chien !...

— Je sais, Feliksa, je sais, mais je suis obligé de vérifier ses affirmations... J'exerce un métier... C'est au sujet de la mort de Tadeus Stanek... Le sergent estime qu'elle ne fut pas accidentelle... Il nomme même un coupable... C'est bien ennuyeux, et je souhaiterais connaître l'opinion de quelqu'un de votre expérience.

La vieille femme se rengorgea.

— Je vais vous la donner, Bogdan Malek. Votre Drabik est un méchant imbécile et c'est la jalousie qui le pousse à répandre des calomnies.

— La jalousie ?

Alors Feliksa lui raconta le changement d'attitude de Grazyna à l'égard de Wiktor, sa tendresse subite pour Werner, tendresse très chaste, précisa-t-elle, mais dont Drabik a pris conscience. Dès lors, il est prêt à tout pour perdre celui qu'il imagine être son rival. Elle démontra l'inanité des accusations porcée.

— Mais, ce balcon saboté ?

— Invention ! Wiktor a découvert des marques anciennes d'une précédente réparation et il construit là-dessus tout un roman. La vérité, Bogdan, c'est que la maison est comme moi, elle tombe de vieillesse. Aujourd'hui, le balcon s'effondre, demain ce sera peut-être le toit. Les communistes, sur ce point, sont pas plus forts que les autres et ils rendent pas plus la jeunesse aux gens qu'aux maisons ! En tout cas, votre Drabik, je l'ai drôlement calotté pour le rappeler au respect des convenances !

— Vous l'avez giflé ?

— Et pas de mainmorte, je vous prie de le croire !

— Chère Feliksa...

Wiktor Drabik attendait son supérieur avec impatience. Il ne digérait pas la manière dont Feliksa et Grazyna l'avaient traité. A travers Aloïs Werner, c'était elles qu'il voulait atteindre. Si Malek abondait dans ses vues, il entreprendrait immédiatement une enquête serrée et ne quitterait plus le Suisse d'une semelle. Lorsque ce dernier serait en prison, Grazyna l'oublierait sans doute...

— Alors, sergent, on rêve ?

Drabik se dressa immédiatement par respect envers son chef enfin de retour. Souriant, il guettait l'instant où Malek reconnaîtrait qu'il avait montré du discernement dans cette ténébreuse affaire, mais comme l'adjudant tardait à parler, il essaya de le lancer :

— Vous avez vu, mon adjudant ?

L'autre lui lança un regard noir :

— Oui, j'ai vu et ce que j'ai vu et entendu m'a confirmé dans ce que je pensais depuis longtemps, à savoir que vous êtes le plus dangereux imbécile que j'aie jamais eu sous mes ordres !

Il parut à Wiktor que le monde s'effondrait.

— Feliksa Otchokowa m'a mis au courant de votre jalousie idiote ! Pour apaiser votre amour-propre, vous inventez un rival, car il ne vous vient pas à l'esprit qu'une femme puisse vous juger pour ce que vous êtes, hein ? Vous allez me faire le plaisir de laisser l'hôte des Löwenberg tranquille ou sans cela je m'occuperai de vous, et sérieusement !

Humilié, hors de lui, Drabik oublia les impératifs de la discipline et hurla :

— A moins que ce soit moi qui m'occupe de vous, Bogdan !

— Quoi ?

— On vous connaît, Bogdan, et bien que vous soyez revêtu de cet uniforme, nul n'ignore que vous êtes contre le gouvernement ! Vous êtes un anticommuniste, un saboteur, un agent de la réaction ! Et si vous voulez étouffer le crime qui a été commis, c'est que les Löwenberg sont de votre bord ! Tous, vous êtes des ennemis du peuple !

Ayant contourné son bureau, Malek se catapulta sur le sergent et Wiktor fut littéralement plié en deux sous le coup de tête qu'il reçut dans l'estomac. Une fois qu'il se trouva au sol, l'adjudant l'empoigna par les cheveux, le remit debout face à la porte qu'il ouvrit et d'un maître coup de pied aux fesses, l'expulsa de son bureau.

Soulagé, Malek referma la porte, retourna à sa table et acheva le rapport concluant à la mort accidentelle de Tadeus Stanek.

Dans la chambre d'Hildegarde, Gunther et Jan complotaient. La disparition de Tadeus reposait le problème de la mort d'Aloïs. Hildegarde n'envisageait pas que l'échec de Stanek pût changer quoi que ce fût aux dispositions primitives. Le Suisse devait être éliminé le plus rapidement possible pour qu'elle épouse l'homme qu'elle aimait en lui apportant l'argent dont ils auraient l'un et l'autre besoin. Mais qui se chargerait de la difficile besogne ? Jan, encore une fois sollicité, se récusa de nouveau. Enervée, la jeune femme déclara qu'elle assumerait donc la tâche que les hommes de la famille estimaient trop lourde pour eux. Alors, le comte comprit qu'il lui incombait de se sacrifier. Dans le silence de la nuit, il décréta :

— C'est bon, je tuerai Aloïs Werner.

Ils le contemplèrent avec respect et un peu d'incrédulité. Hildegarde résuma le soupçon général :

— De quelle façon, père ?

— Comme un gentilhomme ! Avec un fusil...

Jan s'inquiéta :

— Pas très discret... vous ne pensez pas ?

— Voilà comment nous nous y prendrons... Demain, Jan, vers 18 heures, vous installerez une cible sur le peuplier du fond du parc... juste derrière les buissons... A 18 h 30, Sofia dira à Werner que je l'attends au pied du peuplier pour une raison que nous trouverons... Moi, je me tiendrai en embuscade du côté du mur donnant sur le chemin et quand le Suisse apparaîtra derrière les buissons, je l'abattrai... Le hasard aura fait qu'il se sera rendu là-bas sans se douter que je m'entraînais... Tout le monde, à Zakopane, sait que je suis un excellent fusil... Un déplorable accident, en somme...

Cette nuit-là, les hôtes du chalet Löwenberg dormirent assez mal. Werner se demandait quand ses adversaires se décideraient à déclencher leur seconde attaque. Pour l'instant, il n'avait rien surpris d'anormal dans leur comportement et cela l'inquiétait quelque peu car ce n'est pas à tous les coups que le hasard — qui s'était incarné en la personne de Grazyna — le préviendrait de ce qu'on tramait contre lui. Qui remplacerait Tadeus Stanek ? Hildegarde prendrait-elle la direction des opérations ? Il se promit de surveiller attentivement les réactions de la comtesse, de loin la plus vulnérable parce que la plus sotte.

De son côté, Hildegarde, persuadée que cette fois le guet-apens réussirait, faisait des projets quant à un avenir où elle se voyait en compagnie de Josef dans les élégantes stations d'hiver de l'Europe de l'Ouest, suscitant, par son luxe, l'envie de toutes les autres femmes et l'admiration des hommes. D'avance, elle en riait de plaisir.

Sofia, qu'Hildegarde était venue mettre au courant, n'éprouvait plus aucun remords. Les tentatives des siens pour abattre le Suisse lui rappelaient les parties de chasse au renard ou au sanglier que le comte donnait autrefois dans leur propriété de Colau. Enervée, elle ne cessait de se répéter les consignes données par sa fille. Pourvu qu'elle se les rappelle bien le moment venu !... Puis sa pensée, par un enchaînement logique, la ramena à l'enterrement de Stanek. Comme ces paysans de Zakopane l'avaient regardée avec respect ! Ce cerait bien autre chose encore lorsqu'elle conduirait le deuil de celui qui aurait dû être son gendre. Pour cette cérémonie lui faisant d'avance battre le cœur d'allégresse, elle estima qu'il lui fallait une robe neuve et se promit d'envoyer dès l'aube Grazyna chercher Gerda Nikonowa, la couturière.

De son côté, Jan Kotlowski éprouvait un certain malaise. Etait-il certain qu'Hildegarde, une fois en possession de la fortune du Suisse, tiendrait ses promesses ? Il savait sa nièce sans pitié et surtout préoccupée d'elle-même. Quand elle serait à Berne, elle se trouverait hors d'atteinte. Dans ce cas, il ne resterait plus à Jan qu'à mourir de faim dans ce pays où les oisifs n'intéressent personne. Un moment, il envisagea — contre une bonne somme réclamée à l'avance — de mettre Werner au courant de ce qu'on tramait contre lui, mais l'amoureux ne le croirait pas et on risquerait simplement de se brouiller avec tout le monde sans le moindre profit.

Feliksa revivait les quelques minutes passées en compagnie de Bogdan Malek pendant lesquelles elle avait oublié la Pologne d'aujourd'hui pour revivre dans celle d'autrefois.

Quant à Grazyna, elle se répétait pour la centième fois le beau conte inventé et qui voyait Aloïs sur le point de conduire Hildegarde à l'autel, s'apercevant brusquement qu'il aimait la jeune servante. Plantant là sa fiancée et la noce, il se précipitait à la cuisine pour demander à Grazyna de lui accorder sa main.

Le comte passa la nuit à astiquer et nettoyer son meilleur fusil de chasse et à confectionner des cartouches.

Le lendemain, vers 11 heures, le sergent Drabik se présenta au chalet et demanda à M. de Löwenberg la permission de jeter un dernier coup d'œil sur ce qui restait du balcon, sous prétexte que l'adjudant Malek exigeait une description détaillée pour la joindre à son rapport. Le maître de maison ne souleva aucune objection et Wiktor grimpa l'escalier, le cœur battant, tâtant dans sa poche le papier et le crayon dont il allait se servir pour établir un croquis qui confondrait l'adjudant et qu'il adresserait secrètement à Cracovie. Pour lui, le séjour de Bogdan Malek à Zakopane tirait à sa fin. Mais en entrant dans la chambre de Werner, il poussa un juron : Teofil Boseh, le menuisier, occupé depuis deux heures avec deux compagnons à remplacer le balcon de bois, avait fait disparaître toute trace de sabotage.

Gerda Nikonowa n'en crut pas ses oreilles lorsque Grazyna vint la prévenir que sa maîtresse l'appelait d'urgence. Gerda habillait toutes les femmes de Zakopane comme sa mère avait habillé leurs mères. Une sorte de dynastie qui résistait aux vicissitudes de l'histoire. Elle se hâta d'empiler dans un sac ses meilleures étoffes et se précipita chez Sofia de Löwenberg.

On la reçut au salon, mais lorsqu'elle se fut confondue en salutations, excuses et remerciements, elle cacha mal son désappointement en apprenant que Sofia désirait une robe de deuil.

— Auriez-vous perdu quelqu'un des vôtres, Madame la comtesse, sans que je le sache ? Dans ce cas, je vous prie de recevoir mes condoléances...

— Mais non, mais non, Gerda... Grâce au Ciel, tous les miens se portent bien... mais j'estime qu'il est sage de toujours garder une robe de deuil en réserve... L'autre jour, à l'enterrement de ce pauvre Stanek, je n'avais rien à me mettre... Je ne veux pas que pareille mésaventure recommence... Allons, voyons ensemble ce que nous pourrions faire...

Elles passèrent une heure bien agréable à dessiner une robe couverte de dentelles et dont il fallait la triste couleur pour admettre qu'elle était celle d'une affligée. Werner se présenta alors que Gerda Nikonowa, à genoux, prenait des mesures qu'elle notait soigneusement sur un carnet. Aimable, il demanda :

— La robe de mariage, chère madame ?

Mais Gerda répondit avant la maîtresse de maison :

— Non, une robe de deuil.

Inquiète, Sofia redouta les questions qui suivraient. Werner marqua sa surprise :

— Une robe de deuil ?

Volubile, sa future belle-mère répéta les explications données à la couturière, mais il protesta :

— Ne craignez-vous pas d'attirer la malchance en prenant de telles précautions ? Nous ne devons pas songer à la mort, mais à la vie en ce moment !

— Aloïs, il importe d'être prêt à répondre à l'appel du Seigneur à chaque instant !... Vous-même êtes-vous en règle et en état de paraître devant Lui s'Il décidait de vous rappeler plus tôt que prévu ?

Werner, l'esprit toujours aux aguets, voulut en connaître davantage :

— En voilà une idée ! Pourquoi diable penserais-je à mourir quand je suis sur le point de me marier ?

— On ne sait jamais ni qui vit, ni qui meurt... Aloïs, écoutez mon conseil : mettez-vous en règle au plus vite, vous ne le regretterez pas !

En somme, s'il comprenait bien, on l'engageait vivement à se préparer à la mort. Il en conclut que la seconde tentative visant à l'éliminer n'était pas loin. Il se retira en assurant la comtesse qu'il allait réfléchir à sa proposition. Quant à cette dernière, elle estima avoir agi avec beaucoup de tact. Si Werner mourait avec ses péchés, il n'aurait à s'en prendre qu'à lui-même !

Hildegarde et Aloïs étant sortis après le thé pour procéder à quelques emplettes dans Zakopane, Jan en profita pour installer la cible demandée par son beau-frère, au fond du jardin. Il en avertit le comte qui gagna discrètement son affût, puis il se rendit dans la chambre de sa sœur pour qu'elle se conformât aux instructions reçues. Sofia descendit donc au salon afin d'y attendre le retour de Werner. Fort habilement, en revenant de leur courte promenade, Hildegarde, sous prétexte de se refaire une beauté, monta chez elle, laissant son fiancé en tête à tête avec sa mère. Werner s'enquit courtoisement du travail de la couturière. La comtesse lui affirma qu'il avançait normalement et sollicita la permission de retourner auprès d'elle, ce que le Suisse lui accorda avec soulagement. Toutefois, au moment de quitter les lieux, Sofia se frappa le front :

— Mon Dieu ! Où avais-je la tête ? Mon mari m'a demandé de vous prier de le rejoindre près du gros peuplier qui est au bout du jardin... Il souhaiterait connaître votre avis sur je ne sais plus quoi...

— J'y vais tout de suite.

Ouvrant la porte de sa chambre, la comtesse lança à la couturière :

— Hâtez-vous, Gerda... maintenant, c'est pressé...

Un orage arrivant du sud poussait de lourds nuages noirs dans le ciel. Le comte espéra qu'il n'éclaterait pas avant qu'il en eût terminé avec son hôte. Ses points de repère pris, il tenait dans son viseur le centre de la cible où si tout marchait bien, apparaîtrait bientôt la tête du Suisse. A la vérité, Gunther von Löwenberg n'était pas très fier de lui. Certes, il avait déjà pas mal de crimes sur la conscience, mais il n'avait jamais assisté à ce qu'il advenait des hommes livrés par ses soins et ceux de sa fille. Il s'en doutait, mais refusait d'en convenir. Tandis que cette fois, il lui fallait mettre la main à la pâte et il jugeait la chose excessivement désagréable. Il tressaillit lorsque la voix de sa future victime l'appelant résonna dans le calme du jardin. Gunther appuya tout doucement le doigt sur la gâchette ; il n'aurait plus qu'un léger effort à faire lorsque la tête de Werner surgirait dans la mire. A travers les feuillages des buissons, il distingua la veste claire du Suisse. Encore cinq mètres, quatre... trois... deux... un... ça y était ! Le comte retenait son souffle pour tirer lorsque, soudain, le paysage qu'il avait sous les yeux parut éclater comme sous la poussée d'une éruption volcanique. Il crut que l'arbre au tronc duquel il avait calé un de ses pieds venait de lui tomber dessus et il perdit conscience.

En entendant l'écho du coup de feu, Sofia sauta sur sa chaise et cria à Gerda Nikonowa :

— Ça y est !

La couturière releva la tête de dessus son ouvrage pour demander :

— Quoi donc, Madame ?

— Ça ne vous regarde pas, Gerda, et si vous désirez continuer à travailler pour moi, ne vous amusez pas à poser des questions !

Vexée, la couturière rougit et replongea le nez sur son aiguille. Une rumeur de cris et de gémissements montait du jardin, puis on distingua un grand remue-ménage dans la maison, ensuite des pas précipités dans l'escalier. Enfin, la porte de la chambre s'ouvrit avec violence devant Hildegarde, blême :

— Mère !...

Pour l'édification de Gerda Nikonowa, Sofia tint à se montrer à la hauteur des circonstances et, prenant une attitude tragique, elle s'écria :

— Hildegarde, mon enfant, viens-tu m'annoncer un malheur ?...

A l'étonnement de sa mère, Hildegarde paraissait si sincèrement bouleversée qu'elle admira les merveilleux dons d'actrice de sa fille. Elle lui ouvrit les bras :

— C'est ton fiancé, n'est-ce pas ? Quelque chose me le dit !

Et elle se frappa vigoureusement la poitrine à la place du cœur :

— Vous voyez, Gerda, que j'avais raison avec mes pressentiments ? Ah ! pauvre Aloïs qui a refusé d'écouter mes conseils et de mettre sa conscience au net... Le voilà parti vers Dieu avec tous ses péchés !

Incompréhensive, Mlle Nikonowa, que toute cette scène déroutait, interrogea :

— Qu'est-il donc arrivé ?

Ce fut Hildegarde qui lui répondit :

— En vérité, mère, je ne sais ce que vous racontez... C'est père qu'on vient de trouver dans le jardin avec le crâne fendu !

Wiktor Drabik qui, après son double échec professionnel tant auprès de l'adjudant que dans sa recherche des indices, tentait de se réintroduire dans les bonnes grâces de Grazyna, aidait la jeune fille à couper du petit bois pour le repas du soir lorsque le coup de feu éclata. La Polonaise lâcha en s'écriant :

— M. Werner !... Je l'ai vu passer !... Il lui est sûrement...

Et, sans achever sa phrase, elle partit en courant vers l'endroit où il lui semblait qu'on avait tiré. Après un instant d'hésitation dû à sa stupeur indignée devant l'effronterie de Grazyna ne prenant même plus soin de dissimuler l'intérêt qu'elle portait à cet étranger, Drabik se lança sur les traces de la dévergondée.

Avant même de regarder le corps étendu sur l'herbe et sur lequel Jan se penchait, Grazyna vit Aloïs debout et dans sa joie de le trouver vivant, oubliant toute prudence, elle cria joyeusement :

— Oh ! Monsieur Werner... Dieu soit loué !

Et, sans plus réfléchir, elle se jeta une fois de plus au cou du Suisse qu'elle embrassa sur les deux joues avec une ardeur qui fit rougir Werner jusqu'aux oreilles. C'est alors que retentit un hurlement qui n'avait rien d'humain et Wiktor, arrachant Grazyna des bras d'Aloïs, frappait ce dernier avec plus de violence que de précision. Le Suisse reçut le coup sur l'oreille, ce qui lui fit très mal et eut le don de le mettre en colère à son tour. De belle force, il empoigna le milicien par sa tunique et lui écrasa le nez d'un direct qu'il appuya de tout son poids. Drabik s'en alla rouler à côté du comte.

Ce fut à cet instant que l'orage creva sur Zakopane.

CHAPITRE V

La tempête aidant, la scène eût tourné à la plus complète confusion sans Feliksa. Elle remit Wiktor sur pied et lui jura que s'il ne se tenait pas tranquille, il aurait affaire à elle. Grazyna fut renvoyée à la cuisine sur un ton qui ne permit pas à la jeune fille de regimber. Regardant Aloïs bien en face, elle lui murmura :

— Je pensais que vous seriez raisonnable pour deux ?...

Puis, sans attendre de réponse, elle écarta Kotlowski et s'agenouilla près de Gunther pour examiner la plaie dont le sang souillait le visage du blessé que la pluie débarbouillait brutalement.

— Je crois avoir bien agi en envoyant un gamin chercher le médecin, dit-elle en relevant la tête.

Elle se redressa avant d'ajouter :

— On devrait pas le toucher avant que le docteur l'ait vu parce qu'il pourrait bien nous passer sous le nez sans qu'on puisse rien tenter pour le sauver, mais ça serait pas chrétien de le laisser dehors par ce temps. Emmenons-le au salon !

Werner l'aida à soulever le blessé, car Jan, tremblant comme une feuille, s'avérait une fois de plus inutile. Feliksa lui demanda durement :

— Vous comptez pas vous évanouir, j'espère ? C'est vraiment pas le moment !

Le cortège se mit en route sous la pluie tombant si dru qu'au bout de quelques pas, tous étaient trempés. On étendit enfin le comte sur le canapé et Sofia se mit à hurler. Exaspérée, la cuisinière l'empoigna par le bras et la secoua :

— Taisez-vous donc, par tous les saints ! A quoi ça rime de crier de cette façon ?

Sofia ne l'entendit pas et continua ses plaintes déchirantes tandis qu'Hildegarde, raidie, ne pouvait détacher son regard de la figure de son père.

— C'est pas pour vous commander, Mademoiselle, mais si vous vouliez la mener dans sa chambre, ça serait mieux...

Sans offrir de résistance, la comtesse se laissa entraîner par sa fille.

Pendant que Drabik, les yeux pleins de larmes, tentait d'arrêter son hémorragie nasale tout en ruminant d'effroyables vengeances, Aloïs se rendait à l'évidence : quelqu'un venait de le sauver d'une mort que l'adresse du comte rendait inévitable. Mais qui ? Dans l'impossibilité où il se trouvait d'arriver à une conclusion, Werner, fataliste, haussa les épaules. Il n'y avait qu'à attendre...

Janus Floreszak, qui soignait, mettait au monde et fermait les yeux des gens de Zakopane depuis plus de trente ans, fit irruption dans le groupe, sa trousse râpée à la main. D'humeur enjouée, il commençait toujours par prendre les choses à la légère, histoire de remonter le moral de ses patients. Cette méthode rassurait. Fidèle à ses habitudes, il claironna :

— J'espère qu'on ne me dérange pas pour un bobo ?

Mais tout aussitôt, il vit le corps du blessé et siffla de surprise. Oubliant sa bonne humeur, il ôta sa veste, s'accroupit, examina le comte, lui regarda les yeux, lui écouta le cœur avant d'annoncer :

— Fracture du crâne sans l'ombre d'un doute... Impossible de dire s'il s'en sortira ou non... Plus très jeune, Löwenberg, mais le cœur tient pour l'instant, c'est toujours ça... Feliksa, il faut m'apporter toutes les bandes de toile que vous pourrez trouver et vite... Pas moyen de le monter dans sa chambre avant que je ne l'aie pansé... Dépêche-toi, ma vieille !

La cuisinière fila. Floreszak regarda les hommes l'entourant :

— Comment est-ce arrivé ?

— Nous l'avons trouvé au jardin dans cet état, lui expliqua Jan.

— Je vois... Messieurs, comme il est peu vraisemblable qu'il ait poussé la bonne volonté jusqu'à se fendre le crâne lui-même, je suis contraint d'envisager que quelqu'un s'en est chargé... Il serait peut-être indiqué de prévenir la police ?...

Enchanté de reprendre de l'importance aux yeux des autres, Wiktor s'avança :

— Inutile, docteur ! La police est déjà là !

— Où ça ?

— Mais, moi !

— Toi ?... Ah ! oui, c'est vrai, tu appartiens à la Milice, mais je crains que ça ne te dépasse, mor garçon...

— Ne vous tracassez pas, je me débrouillerai !

Le docteur haussa les épaules :
— Après tout, ça ne me regarde pas...

Bogdan, à son tour, avait gagné le chalet. Selon son habitude, il se rendit d'abord auprès de Feliksa.

— Ça se gâte, Feliksa... Je n'ai pas voulu ajouter foi aux racontars de Drabik concernant la mort de Stanek, mais ce coup-ci, Janus Floreszak m'annonce qu'on serait peut-être en présence d'un attentat ?

— Et qu'est-ce que vous voulez que je vous raconte, mon pauvre Bogdan ? Tout va de travers dans cette maison !... Mlle Hildegarde, qui aime Josef Brankowski, se fiance à Aloïs Werner dont Grazyna est sottement amoureuse à la grande fureur de Wiktor ! M. le comte engage une crapule comme maître d'hôtel et, contrairement à ce qu'on pouvait redouter, c'est ce Stanek qui se tue !... On fend le crâne de M. le comte pendant qu'il visait je sais pas quoi... Quant à Mme la comtesse, elle est de plus en plus piquée et son frère de plus en plus inexistant... Comment pensez-vous qu'on puisse s'y retrouver dans toute cette histoire et avec de pareils gens ?

— Pourtant, c'est ce que je dois tenter de faire, Feliksa.

— Je vous souhaite du plaisir !

— A votre avis, Feliksa, qui pouvait détester Löwenberg au point de désirer le tuer ?

— Personne.

— Et, cependant, il semble bien qu'on ait essayé de le tuer... Enfin, je vais aller voir sur place... J'aimerais bien qu'il y ait une autre explication, mais le médecin a l'air sceptique... En tout cas, espérons qu'il ne mourra pas... Ça compliquerait bougrement les choses.

La pluie s'étant arrêtée, Malek se rendit au jardin et surprit Wiktor à quatre pattes relevant des mesures. Aux questions de son chef, le sergent répliqua qu'il était en train de se prouver à lui-même d'abord et aux autres ensuite que le comte n'avait pu se fracturer le crâne en tombant à la renverse. L'arbre contre lequel il se serait cogné était trop écarté d'une quinzaine de centimètres au moins et, de plus, en pareil cas, il ne serait pas tombé la face en avant, position dans laquelle il fut découvert. Le milicien conclut :

— Cette fois-ci, mon adjudant, personne réussira à maquiller l'affaire ; nous sommes en présence d'une tentative de meurtre !

— Soit. Il ne reste plus qu'à dénicher l'auteur de cette agression.

— J'ai ma petite idée là-dessus...

— Encore le Suisse ?

— Et qui voulez-vous que ce soit d'autre ? Chef, on peut pas supposer que Kotlowski — en admettant qu'il veuille se débarrasser de son beau-frère qui l'entretient depuis toujours — ait attendu la mort troublante de Stanek pour attirer de nouveau l'attention ? Et, à part lui, qui pourrait cogner assez fort pour occasionner une fracture du crâne ? C'est un coup porté par un homme...

— Avec quoi ?

— J'ai pas découvert l'arme dont on s'est servi... Chef, vous avez pas voulu m'écouter à propos de la disparition de Stanek, mais admettez que si le comte avait appris le secret de Werner, pour lequel Tadeus voulait peut-être faire chanter ce dernier, notre homme eût été contraint d'agir contre son hôte ?

— Théorie, tout cela, Drabik...

— Pourrait-on pas faire demander à Berne s'il y a rien de louche dans le passé de ce Werner ?... A condition, bien entendu, qu'il s'appelle Werner ainsi qu'il le prétend...

— Rien ne nous permet d'en douter jusqu'ici... et pour demander une enquête, il me faudrait un commencement de preuve, sinon Cracovie nous enverra promener !

— D'accord, chef ! Comptez sur moi... je la trouverai cette preuve !

— Continuez à chercher ; pendant ce temps je vais interroger la famille... Tiens, qu'est-ce que vous avez reçu sur le nez ?

— Un coup de poing !

— Ah ? Ça ne serait pas Werner, par hasard ?

— Grazyna était dans ses bras !

— Drabik, ne prenez pas votre jalousie pour un commencement de preuve, hein ?

Jan, recevant Bogdan Malek en compagnie de sa nièce, le pria de ne pas déranger sa sœur, Sofia, installée au chevet de son mari et tout à fait incapable de répondre à la plus simple des questions. L'adjudant s'inclina. De toute façon, il savait que Sofia ne lui eût été d'aucun secours.

— Monsieur Kotlowski, j'ai le regret de vous apprendre que tout confirme que votre beau-frère a été victime d'une agression.

— C'est impossible, voyons !

— Mon métier est de constater les faits et non de juger s'ils sont possibles. Le médecin est formel... Voyez-vous quelqu'un susceptible de nourrir à l'égard de M. le comte une hostilité assez forte pour tenter de le supprimer ?

— Tout le monde aimait Gunther !

— Et vous, Mademoiselle ?

— Je ne dirai pas comme mon oncle que mon père était aimé de tout le monde, mais je peux affirmer que personne ne le détestait. C'est déjà beaucoup...

— Sans aucun doute... Monsieur Kotłowski, votre beau-frère s'apprêtait à tirer sur une cible quand on l'a attaqué ?...

— Oui... il voulait se rendre compte où il en était... Gunther a toujours été un excellent fusil... Il m'a prié d'aller mettre une cible contre un peuplier au fond du jardin...

— Qui le savait ?

— Mais tout le monde, je pense.

— Et personne ne l'accompagnait ?

— Non...

— Cependant, M. Werner se trouvait aussi dans le jardin ?

Ils ne répondirent pas.

— Il me faut, Mademoiselle, vous poser une question délicate... Vous êtes fiancée à M. Werner, n'est-ce pas ?

— Oui.

— Depuis vos fiançailles, est-il survenu un événement quelconque qui soit susceptible de retarder votre mariage ou même de... rompre votre commun engagement ?

— Absolument pas, adjudant.

— Je vous remercie. Je vais bavarder un peu avec M. Werner maintenant.

Werner commençait à juger ennuyeux — et dangereux — le bruit qui se faisait autour de lui. Cela risquait de rendre sa mission plus difficile. D'autre part, en dépit de la reconnaissance qu'il lui devait, Aloïs en voulait un peu à son mystérieux protecteur de le suppléer dans sa tâche. La visite de l'adjudant ne le surprit pas, mais l'inquiéta, car elle s'affirmait l'annonce de bien des désagréments.

— Excusez-moi de vous déranger, monsieur Werner, mais il apparaît que M. de Löwenberg a été attaqué...

— Attaqué ?

— Hélas, oui... Je me vois obligé de vous demander votre aide.

— Croyez bien que si je puis vous être utile...

— Merci. Vous étiez dans le jardin lorsque le comte a été blessé ?

— Oui, je le cherchais.

— Vous le cherchiez ?

— La comtesse m'avait annoncé que son mari désirait me voir.

— A quel sujet ?

— Pour solliciter mon avis à propos de je ne sais quelle réparation ou modification...

— La comtesse ne vous a pas dit que son mari tirait à la cible ?

— Non.

— Curieux... vous ne pensez pas ?

— Si, maintenant que vous m'y faites songer... parce qu'enfin, je me trouvais devant la cible...

— Devant la cible ?

— Ma future belle-mère m'avait précisé que son mari m'attendait près du grand peuplier...

Malek médita quelques instants puis, prenant congé, il le prévint :

— Nous nous reverrons sans doute souvent, monsieur Werner... A propos, votre mariage est toujours fixé au début de septembre ?

— Toujours.

Après le départ de l'adjudant, Aloïs retourna dans le jardin. Son entretien avec Malek l'intriguait. Le milicien le soupçonnerait-il ?

— Monsieur Werner ?

Il se retourna et vit Grazyna.

— Monsieur Werner, je voudrais vous parler...

— Me parler ?

— Oui... mais il faudrait pas qu'on nous entende...

Malgré le visage soucieux de la jeune fille, il affecta de ne pas prendre la démarche au sérieux :

— Oh ! Oh ! une conspiration, alors ?

— Riez pas, monsieur Werner, c'est grave...

Instinctivement, il baissa la voix à son tour :

— Grave ?

— C'est au sujet de Mademoiselle... Vous allez m'en vouloir... Je ferais mieux de me taire...

— Ah ! non, c'est trop tard ! Parlez, mon petit, je vous écoute ?

Grazyna hésita puis, rapidement :

— Elle vous aime pas, monsieur Werner...

— Elle ne m'aime pas ?

— Non, elle en aime un autre !

Il se força à ne pas sourire. La petite n'eût pas compris. Au contraire, il s'appliqua à jouer les incrédules :

— Vraiment ? Et qui donc ?

— Josef Brankowski... Ils s'aimaient bien avant de vous connaître...

— Qu'en savez-vous ?

— Tout Zakopane le sait... et... je veux pas qu'on se moque de vous !

— Et en quoi cela vous regarde-t-il ?

— Je vous aime, moi, monsieur Werner...

Interloqué par cet aveu sans fard, Aloïs ne trouva pas ce qu'il fallait répondre. En surgissant des feuillages qui entouraient le couple, Wiktor tira son rival d'embarras. Il se campa devant lui, l'air mauvais :

— Et maintenant, vous nierez encore que vous essayez de me chiper Grazyna ?

La jeune fille repoussa le milicien.

— C'est moi qui suis venue le relancer et, d'ailleurs, il a pas essayé de me chiper à toi car t'es rien pour moi, Wiktor ! Enfonce-toi bien ça dans le crâne !

— Mais qu'est-ce que tu lui trouves à ce capitaliste ? Tu renies la Pologne maintenant ? Mademoiselle fait une crise de cosmopolitisme ? T'aurais besoin qu'on te lave le cerveau pour te remettre les idées en place ! Et le marxisme-léninisme, qu'est-ce que t'en fais ?

— Je m'en fiche ! Et puis, je sais pas ce que c'est !

— Grazyna, je vois que t'es complètement corrompue... Si les dirigeants du Parti l'apprenaient, ils t'enverraient dans un camp de rééducation...

— Va me dénoncer ! Qu'est-ce que t'attends ?

— J'attends que tu te repentes !

— En t'épousant ?

— Par exemple...

— J'aime mieux aller au bagne !

Et plantant là Wiktor, elle regagna la cuisine et la protection tutélaire de Feliksa.

Amusé, Werner voulut remettre les choses au point :

— C'est un malentendu, sergent...

— Vous, le Suisse, foutez-moi la paix ! Y a pas de malentendu ! C'est un nouvel épisode de la lutte des classes ! Mais je triompherai comme a triomphé notre grand camarade Gomulka ! Rien n'arrêtera la démocratie en marche et surtout pas un Suisse !

Gunther von Löwenberg mourut dans la nuit sans avoir repris connaissance. Ainsi, la comtesse put étrenner la robe de deuil qu'elle destinait au convoi funèbre du pseudo-Suisse. La cérémonie eut lieu dans la plus grande discrétion. A Zakopane, on commençait à regarder d'un mauvais œil le chalet des Löwenberg. Au retour des obsèques, Malek Bogdan eut un nouvel entretien avec la famille au sujet de l'assassinat du comte. Il n'aboutit pas plus que les précédents.

L'adjudant parti, Jan fit remarquer à sa sœur et à sa nièce que les deux victimes comptaient un point commun : l'un et l'autre essayaient de tuer Aloïs Werner. Cette simple remarque jeta un froid et parut les plonger tous dans un abîme de réflexions moroses.

— Vous penseriez donc, Jan ?...

— Je me défends de penser quoi que ce soit, Sofia. Je constate simplement... Gunther et Tadeus sont tombés dans les pièges qu'ils avaient eux-mêmes préparés...

— Mais, enfin, Werner ne pouvait être au courant de ce que nous tramions à son sujet ?

— Sans doute, et c'est pourquoi je me demande s'il ne s'est pas rendu compte de quelque chose qui lui aurait ouvert les yeux sur les véritables sentiments d'Hildegarde...

Et, s'adressant à sa nièce :

— Es-tu certaine d'avoir été prudente avec Josef ?

La jeune femme pensa bien à l'incident du cimetière, mais elle protesta :

— Même dans ce cas, pourquoi Werner s'en serait-il pris à père et à Stanek ?

Sofia approuva sa fille :

— Très juste ! A la place du Suisse, c'est Josef que je voudrais abattre...

Jan, enclin aux subtilités, développa sa pensée :

— Si nous admettons que Werner ait deviné qu'Hildegarde ne l'aimait pas, il s'est sans aucun doute persuadé que nous étions au courant et donc tous d'accord pour le duper... Alors, il se venge, en s'attaquant à ceux-là mêmes qui l'ont trompé... Gunther a payé le premier, demain ce sera peut-être mon tour en attendant le vôtre, Sofia, et le tien, Hildegarde. Quant à Josef, je pense qu'il doit le réserver pour la bonne bouche. Epouvantée, la comtesse gémit :

— Mais c'est affreux ce que vous dites, Jan ! Comment un honnête homme pourrait-il nourrir d'aussi abominables projets ?

— Vous le pouvez bien, vous ?... Après tout, sans le savoir, il ne fait que se défendre.

— Tout cela, c'est du roman, oncle Jan. Werner est un mou et un naïf...

— Prends garde de te tromper, ma nièce... Ce que tu tiens pour de la mollesse n'est peut-être qu'une extraordinaire maîtrise de soi et ce que tu juges naïveté, une duplicité sans égale...

Mais Hildegarde n'était pas femme à céder sans lutte. Autoritaire, elle imposa son point de vue :

— Que vous ayez ou non raison, mon oncle, il importe de se débarrasser au plus vite de ce Werner. Il faut profiter des événements pour mettre sa mort au compte du mystérieux agresseur de mon père. Qui a une idée à proposer ?

— Ecoutez-moi bien, sergent, le fait que la famille continue à vouloir le Suisse pour gendre et mari prouve mieux que n'importe quel argument l'inanité de vos soupçons.

— A moins qu'ils soient tous intoxiqués !

— Dans ce cas, cela ne relèverait plus de notre autorité !

— Alors, mon adjudant, vous concluez ?

— Meurtre par inconnu.

— Vous vous compliquez pas la vie !

— Et pourquoi me la compliquerais-je ?

Werner, parti se promener à l'aventure, convenait qu'il était dans un drôle de pétrin. Comment mener sa mission à bien maintenant qu'on avait l'œil sur lui ? La déception le rendait injuste et il en voulait presque à celui qui l'avait protégé. Il eût été bien plus inquiet encore s'il s'était douté que le plus intelligent — Jan Kotlowski — et le plus sot — Wiktor Drabik — n'écartaient pas sa culpabilité quant à la mort de Gunther. A la manière dont on le regarda au retour de promenade lorsqu'il entra au salon, il eut tout de suite la puce à l'oreille. Les choses se gâtaient ou allaient se gâter. Hildegarde lui battit froid. Sofia ne répondit pas à son salut et

Josef Brankowski, arrivé un peu avant lui, le contempla d'un air menaçant. Seul, Jan se força à être courtois mais il s'imposait un effort trop visible. Sans susciter la moindre réaction, Aloïs déclara qu'il montait se reposer dans sa chambre.

Dès que leur hôte les eut laissés, les autres ne surent quoi dire. Brusquement, Jan se leva :

— Il faut que nous sachions ce qu'il a dans le ventre !

— Et par quel moyen ?

Il s'en fut prendre deux bouteilles dans le buffet.

— La chère vieille vodka ! Elle va délier la langue de cet Helvète mieux que n'importe quel interrogatoire policier !

Hildegarde crut bon de mettre son oncle en garde :

— Méfiez-vous de ne pas trop parler vous-même !

Jan ricana :

— La vodka et moi nous connaissons depuis si longtemps !

Jamais Jan n'aurait cru qu'un Suisse pouvait absorber tant d'alcool sans en paraître incommodé. Werner, d'abord grognon, l'avait reçu avec une mauvaise grâce non dissimulée ; puis, comme Jan était de ceux qui acceptent en souriant les pires rebuffades, il finit par lui faire bon visage. Ce dernier, aussitôt, proposa de goûter à la vodka rapportée de Cracovie. A la vérité, en voyant les bouteilles, Aloïs avait compris. On entendait le faire parler, mais de quoi ? Ils ne pouvaient soupçonner sa véritable identité, sinon ce serait les miliciens qui se chargeraient de l'interroger ? Alors ? Visiblement, ils avaient peur, et Werner admit l'hypothèse — confirmée par les confidences de Grazyna — qu'on le supposait irrité des amours d'Hildegarde et de Josef, peut-être même irrité au point de se venger sur toute la famille ? La perspective l'amusa et il résolut de pousser la plaisanterie plus loin en flanquant à tous ces gens une peur qui les forcerait à agir vite, car ils auraient deux mobiles au lieu d'un : sauver leur propre peau et la fortune à venir :

Jan ignorait que ses courses dangereuses à travers le monde avait familiarisé son interlocuteur avec tous les alcools dont il pouvait absorber de sérieuses quantités sans en être incommodé le moins du monde. Les deux hommes vidèrent la première bouteille sans échanger autre chose que des propos insignifiants. Kotlowski, la sueur au front, envisagea la possibilité de céder le premier, éventualité qui, pour un Polonais fier de la réputation durement acquise par ses compatriotes, s'affirmait une humiliation sans précédent. En ouvrant la deuxième bouteille, il s'avoua que ce Bernois trompait parfaitement son monde et cette constatation renforça ses soupçons. Aloïs vit déboucher le second flacon sans témoigner la moindre appréhension, s'amusant intérieurement du désarroi grandissant de son vis-à-vis. Brusquement, il feignit une ivresse brutale et après le premier verre, fondit en larmes, au grand soulagement de Jan qui ayant cru gagner ainsi de justesse ce match d'endurance, tapa familièrement et affectueusement sur l'épaule de Werner :

— Ça ne va pas, mon vieux ?

Un hoquet prodigieux fit sauter Aloïs sur sa chaise. Il se rapprocha de lui :

— Vous avez de la peine ?

Le Suisse leva sur lui l'œil désespéré du bœuf voyant s'abattre le merlin du boucher :

— J' suis mama... malheureux, mon'ieux... J' te jure que j' suis mama...

Ce tutoiement soudain n'étonna pas Kotlowski, habitué aux épanchements d'ivrognes.

— Je vous comprends... Vous êtes mon frère... mon petit frère... Qui donc vous fait des misères ?

— Hili...

— Hili ?

— Hilde...de...degarde...

— Quelles misères ?

— Elle se momo...moque de... de moi, Hilde... de...degarde...

— Qu'est-ce que vous racontez ?

— Alors, tu... tu comprends... rien ? T'es soûl, papa...parole ?

— Non, je ne suis pas ivre, mon cher... C'est vous qui me semblez un peu parti...

Werner parut réfléchir un instant, puis :

— C'est vrai... J' suis même bou...bou...bougrement soûl... J' suis dédé...déshonoré... J' suis soûl et déshonoré... Voilà, mon'ieux...

Et il se mit, incontinent, à meugler de désespoir. Jan dut le prendre dans ses bras pour le calmer :

— Mais non, mais non ! Vous n'êtes pas déshonoré !

— Si !

— Non !

— Si !

Exaspéré, Jan faillit calotter son hôte mais se rappelant la mission qu'il s'était fixée, il embrassa affectueusement son équipier que cette tendresse inattendue bouleversa :

— Jan... toi, tu... tu... tu m'aimes, hein ?

— Oui, bien sûr, je vous aime...

— On s' quiqui... on s' quittera plus ?...

— Jamais...

— Hil...Hildegarde... elle ira avec son Jojo... son Josef... et nous on ira de notre côté, hein, tonton ?

— Vous n'aimez plus ma nièce ?

— Non... elle s'est fou...foutue d' moi avec... Jojo... Josef... Mais écout'moi, tonton... tu m'écoutes ?

— Je vous écoute.

— C'est sûr, hein, qu' tu... qu' tu m'écoutes ?

— Je vous en donne ma parole !

— Eh bien ! mon'ieux... j' vais drôlement m' venger... ouais, drôl'ment...

— Que comptez-vous faire ?

— J' sais pas... mais ça s'ra terrible... t'entends, tonton ? terrible !

— Vous ne les tuerez quand même pas ?

— Non... J' pourrais pas... et encore... c'est pas sûr... J'ai bien tué Heidi... alors, hein ? Pourquoi pas Hilde... Haldie... ta nièce... hein ?

Jan sourit :

— Voudriez-vous me donner à croire que vous avez déjà tué ?

— Oui... Heidi... mais... mais t'endends donc rien... au...aujourd'hui ?

Et, subitement, le Polonais réalisa le sens de la phrase qu'Aloïs venait de prononcer. Le choc fut tel qu'il ne put que balbutier :

— Et... pourquoi l'avez-vous tuée ?

— Elle m'était infidèle, mon'ieux... J' peux pas

susu...supporter ça... Pourtant, j'étais gen...gentil avec elle... mais rien à faire... elle allait toutou...toujours rejoindre le voi... le voisin. Alors, un jour... j'en ai eu a...assez mon'ieux... et je... je l'ai tuée... c'est momo... c'est moche, hein ?

Werner se sentit rajeunir de quinze ans en voyant la mine défaite de Jan. Il était sûr qu'Harry Crocet apprécierait la scène quand il la lui rapporterait... si on lui permettait de la lui rapporter. Kotlowski, en plein désarroi, demanda :

— Et... comment vous y êtes-vous pris ?

— Avec du poi... du poison...

— Mais, la police ?

— La popo... la police ?

— La police, elle n'a pas fait d'enquête ?

— Je vais t' dire une... une bonne chose... tonton... La police... elle se foutait d'Hei...d'Heidi... Y avait que... que moi qui l'aimait... Hei...Heidi.

— Et le voisin ?

— Le voisin, d'ac...d'accord... j'aurais dû les tutu... les tuer tous les deux... Voilà ce que j'aurais dû faire...

Kotlowski frémit en pensant à Hildegarde et Josef qui, inconscients du danger qu'ils couraient, filaient le parfait amour sous l'œil haineux de Werner. Il fallait les prévenir et le plus vite possible !

— Et le poison, dans quoi l'avez-vous mis ?

— Je me rappelle plus... dans sa sousou... dans sa soupe ou dans l'eau qu'elle bu... qu'elle buvait... C'est fa...cile. Mais je me rappelle plus, mon'ieux...

— Vous devriez vous allonger un peu... Vous avez besoin de dormir afin d'être en forme pour le dîner...

— Tu... tu crois ?... C'est vrai que... que j'ai sommeil... T'es chic, toi, tonton... On peut pas... pas dire... t'es... t'es chic...

Jan l'aida à s'étendre sur le lit et fila sans demander son reste.

Lorsque Jan entra au salon, Sofia se détourna d'Hildegarde et de Josef pour demander :

— Que se passe-t-il, Jan ?

— Il se passe que j'avais raison, Sofia ! Ce Suisse, loin d'être l'agneau que vous supposez tous, est un monstre ! Un meurtrier qui n'en est pas à son coup d'essai !...

— Vous êtes fou ?

— Malheureusement non ! Cet homme est atteint de fureur homicide, vous m'entendez ? Il sait ce qui se passe entre Josef et Hildegarde et il les tuera tous les deux, comme il a tué Heidi, autrefois, en Suisse !

Pour l'édification de ses auditeurs, il rapporta les aveux de Werner. D'abord incrédule, Sofia dut bientôt se rendre à l'évidence. Pâle d'effroi, elle demanda :

— Vous croyez alors que Gunther ?...

— Il ne me l'a pas avoué, mais je ne serais pas étonné maintenant que ce soit lui qui ait tué votre mari, ma chère... et peut-être Stanek s'il a deviné que l'autre en voulait lui-même à sa vie ! Il est diablement fort, croyez-moi !

— Mais c'est horrible ! Nous sommes tous en danger !

— Tous... mais plus spécialement Hildegarde et Josef... surtout avec le poison ! comment voulez-vous vous défendre ?

— Il faut que cet assassin s'en aille et tout de suite ?

— Et de quelle façon le ferez-vous partir ? N'oubliez pas qu'il est là pour épouser Hildegarde !

— Jamais !

— Alors, adieu l'assurance !

— Eh bien ! tuez-le avant qu'il ne nous ait tous assassinés !

— Facile à dire !

Pendant ce dialogue les mettant aussi en cause, les deux jeunes gens affectaient une incrédulité moqueuse. Puis, Hildegarde s'emporta :

— Et vous prenez pour vérités les divagations d'un ivrogne, mon oncle ?

— Mais, enfin, cette Heidi ?...

— Il l'a inventée ! Je connais Aloïs... incapable de faire mal à une mouche... Ce qui est plus ennuyeux, c'est qu'il paraît avoir deviné pour Josef et moi... mais je le reprendrai... rapportez-vous-en-à moi...

L'assurance de sa fille ne remontait pas le moral de Sofia.

— Et si on le priait de s'en aller ?

— Alors, la mort de Stanek, celle de père n'auraient servi à rien ? Jamais de la vie ! Je veux toucher l'argent de l'assurance !

— Mais le poison, Hildegarde, tu y penses ?

— Je n'y crois pas !

Brankowski appuya sa bien-aimée :

— Votre Suisse bluffe... Le seul remède, c'est, en effet, de s'en débarrasser le plus vite possible ! On va s'y employer !

Werner descendit au salon quelques instants avant le dîner. Il s'efforça de montrer un regard atone et aucun appétit. Sofia retint mal l'exclamation d'épouvante que la vue de « l'assassin » lui arrachait tandis qu'au contraire, Hildegarde — que Werner remercia d'un sourire ressemblant à une grimace — se montrait fort empressée. Considérant la mine soucieuse d'Aloïs, Jan et Sofia l'imaginaient plongé dans des idées moroses autant que vengeresses et en avaient le ventre noué par la peur. Cependant, Jan — qui ne digérait pas les moqueries de sa nièce à l'égard de ses pronostics — voulut en avoir le cœur net. Il se lança dans une histoire — soi-disant lue sur le journal — où un jaloux empoisonnait celle qu'il aimait trop pour la laisser à un autre.

— Quelle est votre opinion, Werner ?

Tendus, ils guettaient sa réaction.

— Mon opinion ?... Je n'en ai pas... surtout en ce moment.

— Pourquoi pas en ce moment ?

— Vous devez vous en douter, Jan ?

Il faisait allusion à leur beuverie, mais les autres pensèrent qu'il se rappelait ses confidences au sujet d'Heidi. Jan insista lourdement :

— C'est à cause d'Heidi ?...

Aloïs sursauta :

— Comment diable êtes-vous au courant ?

— La vodka vous a incité à parler, mon cher... Pour Heidi, vous avez utilisé le poison ?

— Oui...

Ne parvenant pas à se maîtriser, Sofia eut un sanglot rauque mais personne n'y prêta attention.

Jan lança un coup d'œil triomphant à sa nièce et à Josef. Il tenta d'avoir plus de précisions :

— Ce doit être abominable aussi bien pour celle qui absorbe le poison que pour celui qui l'administre ?

Sans avoir l'air de les regarder, Werner les surveillait. Il les devinait « à sa main », tellement intoxiqués par leurs propres délires qu'ils n'étaient plus déjà disposés à n'écouter que ce qui cadrerait avec leur certitude angoissée. Il prit son temps pour les énerver plus encore avant d'avouer, d'une voix pétrie de remords et d'émotion :

— Oui, abominable... Elle a mis longtemps, trop longtemps à mourir... et ces yeux qui me regardaient... ces yeux qui comprenaient... Ah ! je vous en supplie, Jan, ne parlons plus de ça... Le meurtre d'Heidi, car c'était bien un meurtre, me poursuit et me poursuivra jusqu'à ma mort... N'y faites plus jamais allusion, je vous en prie instamment...

En face d'un aveu aussi cynique, Sofia éprouvait de la peine à respirer, Hildegarde sentait son optimisme chanceler et Josef commençait à se dire qu'il s'était fourré dans un guêpier dont il importait de s'échapper au plus tôt... Il redoutait que le Suisse ne s'en prît d'abord à lui qui avait eu l'imprudence de le braver au cimetière. Lorsque Grazyna annonça le dîner, il se leva, fébrile, invoqua une promesse oubliée à sa mère pour prendre congé rapidement et s'enfuir. Hildegarde le rejoignit au moment où il sortait :

— Tu te sauves, Josef ?

— Quelle idée ?... Mais non, simplement...

— Simplement, tu as peur !

— Tu ne vas pas me dire que ce Suisse n'est pas effroyable, non ?

— Et tu me laisses avec lui ?

— Oh ! toi, tu ne risques rien... il t'aime...

— Et toi ? Tu ne m'aimes pas ?

— Mais si, voyons, tu le sais bien !

— Tu m'aimes, mais pas jusqu'à risquer la mort pour me défendre ?...

— J'ai horreur du poison, Hildegarde !

— Et moi, je déteste les lâches, Josef Brankowski !

Pendant ce temps, au salon, alors qu'on se levait pour passer à table, Sofia glissa son bras sous celui de Werner et, d'une voix où tremblait tout un monde de désespoirs, murmura :

— Promettez-moi de commencer par moi ? Je ne veux pas voir mourir ma fille.

Alicia Brankowskowa se tuait à la tâche dans son magasin de mercerie-bonneterie pour gagner de quoi vivre et faire vivre son beau et bon à rien de fils auquel ses talents d'athlète ne rapportaient pour l'heure pas un zloty. Elle avalait le bol de soupe claire qui composait tout son dîner quand Josef rentra. Elle ne l'attendait pas.

— Tu as mangé ?

— Non...

— Je vais te préparer quelque chose...

— Je n'ai pas faim.

Tout de suite inquiète, la pauvre Alicia !

— Tu es malade ?

— Non.

Mais elle connaissait assez son fils pour comprendre au-delà de ses réponses.

— Tu as quelque chose, Josef... Tu te confies pas à ta vieille maman ?

Malgré ses muscles, Brankowski était demeuré un gosse et il ne fit pas trop de difficulté pour se soulager de l'angoisse qui le rongeait. Il raconta que le Suisse, au courant de son intrigue avec Hildegarde, entendait se venger. Pour lui, il n'y avait pas de doute qu'il s'attaquerait à son rival avant de châtier l'infidèle. Alicia voulut rassurer son garçon :

— Ce sont des idées, mon petit, simplement des idées... J'ai rencontré plusieurs fois ce monsieur Werner... Il a l'air d'un brave homme. Même s'il est fâché de vos mensonges, pourquoi deviendrait-il un criminel ?

— Mais c'en est déjà un !

— Qu'est-ce que tu dis ?

Et Josef, pour convaincre sa mère, parla de la mort d'Heidi empoisonnée par le jaloux Aloïs. Cette preuve irréfutable parut suffisante à Alicia qui, comme toutes les mères, s'en prit à la complice de son rejeton :

— Je t'avais averti, mais toi, le jour où tu m'écouteras ! Les Löwenberg ne sont pas des gens comme nous... Quand on est d'une famille de travailleurs modestes, on s'amourache pas d'une demoiselle qui sait même pas faire la cuisine ! Tu t'es figuré qu'elle t'épouserait ? Il faut que tu sois bien bête ! Tu l'amuses tout simplement... tu la distrais !

Josef eut assez de maîtrise sur lui-même pour ne point révéler à sa mère les projets criminels conçus sous la direction d'Hildegarde. Il la connaissait assez pour deviner qu'elle s'en scandaliserait. C'était une femme du vieux temps qui fréquentait encore l'église et croyait aux sornettes d'Andrei Potocki, le curé. Il crâna pour la rassurer :

— Parlons plus de ça... Je me tiendrai sur mes gardes... et ce n'est pas encore ce Suisse qui aura ma peau... S'il le faut, je lui casserai la gueule ! Allez, bonsoir, maman...

Restée seule, Alicia, une fois de plus, regretta de n'avoir pas eu une fille au lieu de ce garçon qui lui échappait. Mais quels que soient les torts de Josef, elle n'acceptait pas l'éventualité de sa mort. Cependant, elle se savait faible, désarmée, sans recours. Qui pouvait lui venir en aide et la conseiller ? Automatiquement, elle pensa à sa seule amie, Maria, l'épicière. Sans barguigner davantage, elle posa un fichu sur sa tête et s'en alla confier sa peine à sa vieille camarade qui, depuis les bancs de l'école, s'était toujours montrée prête à lui rendre service.

Alicia avait oublié que, ce soir-là, Maria recevait et elle fut un peu déroutée de rencontrer tant de monde. Embarrassée, elle salua Regina, la femme du cordonnier, Boguslawa, la postière, Cecylia, l'épouse du quincaillier, et Halina, mariée au meilleur guide de Zakopane. Alicia s'excusa beaucoup d'arriver sans être invitée et, pour se faire pardonner son intrusion, elle raconta — sous le sceau du secret — ses craintes au sujet de son fils et les projets meurtriers du Suisse. Ces dames écoutèrent le récit de la mercière avec une attention passionnée. Quand la mère de Josef eut terminé, elles la plaignirent beaucoup, l'accablèrent de conseils mais, toutes, elles ne songeaient qu'à se sauver au plus vite — sans vexer leur hôtesse — afin d'être la première à répéter l'incroyable nouvelle sur laquelle elles avaient juré la plus grande discrétion ! Halina donna le branle. Prétextant que son mari n'était pas encore de retour lorsqu'elle avait quitté la maison et craignant qu'il ne sache préparer son repas, elle espérait que Maria ne lui tiendrait pas rigueur de la quitter plus tôt que de coutume. Les autres, retenues par les exigences de la politesse, maudirent cette impudente Halina qui s'attribuerait toute la gloire dont elles rêvaient. Elles patientèrent encore un moment puis, n'y tenant plus et au risque de se brouiller avec l'épicière, elles filèrent l'une après l'autre. La porte refermée sur la dernière, Maria revint vers sa vieille amie :

— Tu m'as fichu ma soirée par terre, Alicia, mais je t'en veux pas, car pour une nouvelle, c'est une nouvelle !

Ce ne fut pas seulement le Wialr Haluy — ce vent sec et chaud qui, d'ordinaire, ne souffle qu'au printemps et à l'automne — qui empêcha les gens de Zakopane de dormir, balayant la nuit de son souffle brûlant. En effet, lorsque sa femme lui eut rapporté l'aventure de Josef, Spalek, le guide, estima qu'il ne pouvait la garder pour lui et il retourna au café le *Vesela Kopa* (1), où ce qu'il raconta fit se redresser ceux qui sommeillaient, obligeant Fransiszek, le cabaretier, à sortir d'autres bouteilles. Puis chacun des buveurs regagna ses pénates où il réveilla qui sa femme, qui sa sœur, qui sa fille, pour les mettre au courant. Au fur et à mesure qu'elle passait de bouche en bouche, la nouvelle s'amplifiait, chacun la renforçant d'un détail pittoresque pour donner plus de poids à ses dires, si bien que, lorsque Eugenius, le vacher qui habitait au

(1) Le joyeux luron.

bout du village, secoua le grabat où dormait quinze heures par jour son voisin Kazimier, un aveugle vieux comme les forêts et qui gagnait plus ou moins sa pitance quotidienne en psalmodiant des complaintes sur le marché et aux carrefours, il apparaissait que Josef s'était échappé par miracle du chalet des Löwenberg où Werner, ivre de rage, avait tenté de l'assassiner. On pensait généralement que la journée du lendemain ne se passerait pas sans que les deux hommes en vinssent aux mains pour se battre à mort. Peu à peu, dans cette nuit trop chaude, naissait, sous l'élan d'imaginations enfiévrées, un autre Aloïs compatriote de Guillaume Tell, le seul Suisse que connût ce peuple de montagnards. Contrairement à ce qu'on aurait pu attendre, tout le monde ne prenait pas le parti de l'enfant du pays. Des femmes, poussées par une obscure jalousie envers la trop belle, trop élégante Hildegarde, stigmatisaient sa félonie et approuvaient Werner de vouloir se venger. Des hommes, toujours enthousiasmés par les exploits courageux, donnaient raison au Bernois de punir la trahison des trompeurs. Toutefois, une majorité se dessinait en faveur de Brankowski, par hostilité naturelle envers l'étranger qui n'avait qu'à rester chez lui au lieu de venir enlever le filles de Pologne. Les communistes ajoutaient à ce nationalisme inné une aversion depuis longtemps inculquée à l'égard des pays capitalistes. L'émotion suscitée s'avérait telle que Kazimier n'éprouvant plus le besoin de dormir se mit à improviser sur le drame qui très certainement ensanglanterait le village.

Quant à Aloïs, qui fumait sa pipe sur le balcon de sa chambre en écoutant les bruits de la nuit, il était à mille lieues de se douter que sa mission — dont la discrétion devait seule assurer sa sauvegarde — était en passe d'être connue de tous, mais sous des apparences et pour des motifs qu'Harry Crocet, en dépit de sa subtilité, n'avait pas prévus.

CHAPITRE VI

Tous les matins, Werner, sitôt après le petit déjeuner, partait flâner dans Zakopane. Le marché surtout l'attirait. Il aimait bavarder avec les vieilles venues de la montagne vendre leurs beignets de fromage blanc et discuter avec ces hommes rudes, aux visages burinés sous leurs petits chapeaux de feutre noir. Il lui fallut un certain temps, ce jour-là, pour se rendre compte qu'on le regardait avec une curiosité plus appuyée que d'ordinaire. Des gens qui, d'habitude, ne lui prêtaient aucune attention, le saluaient avec ostentation. Il lui parut que des femmes — surtout parmi les plus jeunes — l'examinaient avec une insistance qui commençait à le gêner. D'autres se détournaient quand il leur adressait la parole et cette impolitesse subite le désorientait. Une mère, en le voyant arriver, appela ses enfants d'une voix inquiète et les serra contre elle jusqu'à ce qu'il se fût éloigné. Aloïs ne comprenait pas. Il ne comprit pas davantage lorsque Zimov, le cordonnier, abandonnant son tranchet et relevant ses lunettes sur son front, sortit de son échoppe pour venir lui serrer la main.

— Monsieur Werner, j'ai tenu à vous dire que je suis de tout cœur avec vous.

Il n'osa pas lui demander quelle circonstance inspirait cette profession de foi et se contenta de répondre :

— Vous êtes bien bon...

— C'est parce qu'il y a plus d'hommes comme vous, des hommes qui savent se faire respecter qu'on en est où on en est... Et l'autre a beau être mon compatriote, je vous souhaite bonne chance parce que j'aime ni les traîtres, ni les voleurs, même s'ils sont Polonais !

Sur ces mots prononcés d'un ton ferme, Zimov réintégra sa tanière, laissant Werner continuer sa marche et s'interroger sur ce que ce brave type avait voulu exprimer. Un peu plus loin, Milko, le quincaillier qui prenait le frais sur son seuil et qui jamais encore n'avait adressé la parole à Aloïs, le héla avant de le rejoindre :

— Monsieur, je connais vos intentions comme tout le monde ici... Laissez-moi vous rappeler simplement que le sang versé retombe toujours sur la tête de celui qui le verse et que Dieu a recommandé : « Tu ne tueras pas ! » Qu'est-ce que vous en pensez ?

— Que voulez-vous que j'en pense ! Je suis tout à fait d'accord...

— Dans ce cas, j'espère que vous n'oublierez pas vos bonnes intentions.

Et persuadé que, par ses soins, une tragédie venait de mourir avant même que de naître, Milko regagna son magasin, où une cliente pressée l'appelait à grands cris, en laissant son interlocuteur tellement sidéré qu'il demeurait sur place, incapable de réagir. C'était la première fois de toute sa carrière qu'on venait lui dire en face qu'on était au courant de ses projets, projets dont l'exécution découverte risquait de lui coûter la vie. Il se pinça pour s'assurer qu'il ne dormait pas tant ce qu'il entendait dépassait les bornes de la raison. Estimant qu'il aurait intérêt à réfléchir longuement sur ce problème, il tourna les talons pour réintégrer le chalet des Löwenberg mais, peu avant la maison, il se heurta à Pawel, le mécanicien.

— Comment vous portez-vous ce matin, monsieur Werner ?

— Très bien, je vous remercie, et vous-même ?

— Oh ! moi, ça n'a pas d'importance, mais vous, hein, c'est pas la même chose ?...

Et Pawel accompagna cette remarque d'un clin d'œil complice tout en ajoutant :

— Moi, à cause de mon métier, je ne peux me brouiller avec personne. Je ne me permets pas de tenir pour celui-ci ou pour celui-là ; cependant, au cas où vous auriez besoin de franchir la frontière très vite, vous n'avez qu'à venir me voir... on s'arrangera mais, motus, hein ?... Vous me comprenez ?

Non, Aloïs ne comprenait pas ou, mieux, il avait peur de comprendre, mais il ne se risqua pas à l'avouer et réintégra sa chambre en se creusant la tête pour deviner le sens de ce qui lui arrivait.

Grazyna pétrissait la pâte destinée à la confection d'une tarte quand Feliksa, hors d'haleine, revenant du marché, entra dans la cuisine et se laissa tomber de tout son poids, le souffle court, sur une chaise que la servante craignit de voir s'effondrer.

— Qu'est-ce que t'as, Feliksa ?

— Je me suis tellement disputée avec toutes ces femmes que j'en peux plus respirer !

— Tu t'es disputée ? Et à quel sujet ?

— Au sujet de M. Werner...

Grazyna abandonna son travail. Tout ce qui touchait le Suisse la passionnait. Sans lui laisser le temps de poser une question, la cuisinière enchaînait :

— Figure-toi que ces folles du marché racontent que M. Werner veut tuer Josef Brankowski !

— C'est pas possible ?

— Comme je te le dis, ma petite ! A croire que le monde a perdu son bon sens ! On parle que de ça à Zakopane... Les uns parient pour Josef, les autres pour M. Werner...

— Mais, enfin, pourquoi voudrait-il ?...

— Paraîtrait qu'il aurait appris que le Josef fricote avec son Hildegarde...

— Oh ! mon Dieu !

— Allons, bon ! Tu vas pas te mettre à pleurer, à présent ?

— C'est... c'est ma faute, Feliksa...

— Sainte Mère des Anges ! Je te flanque une gifle et ça sera pas long ! Qu'est-ce qui est de ta faute, idiote ?

— C'est moi qui lui ai dit...

— Qui lui as dit quoi ? Vas-tu te décider, par les Douze Apôtres ?

— Qu'Hildegarde ne l'aimait pas et qu'elle aimait Josef...

— T'avais bien besoin de fourrer ton museau là-dedans, espèce de fouine !

— Je... je croyais lui rendre service...

— Menteuse ! Jalouse !

— Je pensais que... lorsqu'il saurait... il voudrait plus d'elle !

— Les hommes, c'est plus compliqué que ça, ma pauvre fille... Il y a l'amour et puis il y a l'honneur... Ça marche pas toujours ensemble.

Au vrai, le seul qui ne se faisait aucun souci en cette heure matinale, c'était Josef Brankowski. Il se éveillait et, ayant oublié ses inquiétudes de la veille, il se sentait heureux de vivre comme on peut l'être quand on est jeune, beau, fort et qu'on se sait aimé. Lorsqu'il descendit à la cuisine pour boire une tasse de café, sa mère le supplia de ne pas sortir de crainte de rencontrer le Suisse sanguinaire. Josef éclata de rire et confessa :

— J'avais dû trop boire hier soir... Ce pauvre Werner ne se risquera pas à me chercher querelle ! Je l'étranglerai d'une seule main !... Je te demande pardon si je t'ai inquiétée, maman... Hildegarde et moi, on s'arrangera avec lui...

— Comment ?

— C'est notre secret... et tu verras que tout se passera très bien...

Tout en dégustant son café, il essaya d'imaginer ce que serait la réaction de sa mère s'il lui révélait qu'Hildegarde et lui auraient sans doute supprimé Aloïs avant que le soleil ne se couche. Ayant terminé, il s'essuya la bouche, prit sa casquette, embrassa sa mère.

— Je rentrerai pour déjeuner...

— Que le Seigneur t'ait en Sa garde !

En garçon pieux, Josef se signa, puis :

— Tu n'aurais pas quelques zlotys de trop, par hasard ?

— Mais, mon petit, où veux-tu que je prenne de l'argent ?

Il fouilla dans la boîte qui servait de coffre-fort et en tira un billet de cinquante zlotys... Elle cria :

— C'est pour payer le boucher !

— Pas d'importance, je t'en donnerai bien davantage d'ici quelques jours !

La première personne qui porta atteinte à l'euphorie de Josef fut Maria l'épicière :

— Ta mère t'a laissé sortir ?

Maria avait vu naître le garçon et le tenait toujours pour un gamin. Josef répliqua, attendri :

— Vous savez, Maria, il y a déjà pas mal de temps que je sors seul !

— C'est pas ce que tu fais de mieux, Josef Brankowski !

Il rit.

— Je suis assez grand pour savoir me conduire, non ?

— Tu es assez grand pour mourir aussi !

Drôle d'idée de lui parler de la mort alors qu'un si beau soleil brillait sur Zakopane ! Et elle insistait, la sotte !

— Si j'étais toi, Josef, j'irais me confesser à Andrei Potocki.

— Me confesser ? Vous en avez de bonnes, Maria !

— Je te disais ça pour ton bien... Paraîtrait que le Suisse te cherche ?

— Allons, la maman avait bavardé !... Josef haussa les épaules et continua son chemin. Ces vieilles, elles passent leur temps à se raconter des histoires abracadabrantes auxquelles elles finissent par croire ! Cependant, sans en deviner les raisons, Brankowski jugea que le soleil brillait moins qu'il ne le pensait.

Il appartenait à Milko le quincaillier de semer le trouble dans le cœur de Josef. Il devait guetter sa venue car il lui sauta dessus sitôt qu'il approcha de son magasin.

— Ah ! je suis content de te voir. Comment te sens-tu ?

Cet intérêt soudain pour sa santé de la part d'un homme qui, d'ordinaire, ne se gênait guère pour blâmer sa conduite surprit le fils d'Alicia.

— Je me sens très bien.

— Pas trop nerveux, j'espère ?

— Nerveux ? Pourquoi serais-je nerveux ?

— Dame... quand quelqu'un vous cherche !

— En voilà une idée ! Personne me cherche ! Où as-tu pris ça ?

— Bon, bon, comme il te plaira, garçon, mais s'il t'arrive malheur, tu regretteras d'avoir méprisé mes conseils...

Et, vexé, Milko rentra chez lui.

Milko passait pour un drôle de corps qui rendait sa femme, Cecylia, neurasthénique avec sa manie de toujours prêcher et de critiquer sans cesse le comportement de celui-ci ou de celui-là. Personne ne se souvenait de l'avoir entendu rire depuis qu'il avait atteint l'âge d'homme et il faudrait être soi-même un peu déséquilibré pour attacher la moindre importance aux propos de ce vieux fou ! Mais il n'empêche que Josef, levant les yeux vers le ciel — était-ce une impression ? — estima que le temps allait de nouveau se gâter sur Zakopane.

Au carrefour de la grande rue et de la route de Cracovie, Brankowski aperçut un rassemblement d'une quinzaine de badauds groupés autour de Kazimier l'aveugle dont il attrapait la voix sans saisir le sens des mots qu'il psalmodiait. Josef ne se serait pas arrêté s'il n'avait brusquement entendu qu'il était question d'un Suisse. Il se rapprocha. Ceux du dernier rang remarquant sa présence l'examinèrent avec commisération et lui cédèrent la place. Le garçon s'étonna d'une amabilité inhabituelle. On lui répondit :

— C'est normal puisqu'il s'agit de toi...

— De moi ?

— Kazimier raconte ce que sera ta bataille avec le Suisse... Il dit que c'est toi qui auras le dessous... Il chante ta mort... C'est rudement beau... Tu devrais te montrer généreux envers le vieux, Josef...

Un goût de cendre dans la bouche, Brankowski s'écarta. La peur le prenait au ventre, lui coupant les jambes. Etait-ce possible que Werner le cherchât pour le tuer ? Il jeta à droite et à gauche des regards affolés. Il n'y avait plus de soleil, plus de ciel bleu. Le temps s'était complètement gâté sur Zakopane et, prenant ses jambes à son cou, il courut jusque chez lui où, sans répondre aux questions maternelles, il se jeta sur son lit et s'enfouit la tête dans l'oreiller.

La fuite de Brankowski fut remarquée et au *Vesela Kopa*, les clients, groupés autour du patron, commentaient l'événement. Maintenant, ils étaient tous contre Josef car sa dérobade les privait d'un spectacle de choix, d'un événement rare dont on eût parlé pendant des années. De plus, ils estimaient que l'honneur de la Pologne se trouvait atteint par l'attitude de leur compatriote. Les discussions allaient bon train lorsque Wiktor Drabik entra. A voir cette agitation, il crut que le gouvernement avait encore rendu un décret impopulaire. Ecartant les jambes pour s'assurer un équilibre à toute épreuve, fier d'incarner la loi, prêt à s'en prendre au premier qui critiquerait le camarade Gomulka, il lança :

— Et alors ? Qu'est-ce qu'il se passe ?

Sa question provoqua d'abord un silence épais qui, bientôt, craqua de toutes parts, chacun voulant mettre le milicien au courant. Avec force détails — personne ne s'étonnant de ce que la police ignorât ce dont tout Zakopane parlait — on tint à donner des éclaircissements à Wiktor qui naturellement, n'y comprit rien. Lorsque les commentateurs à bout de souffle se turent, le sergent croyait avoir deviné que les Löwenberg, s'appuyant sur leur hôte suisse, se disposaient à fomenter une contre-révolution en s'attaquant premièrement à Josef Brankowski. Cette hypothèse ne le surprenait pas outre mesure car il tenait les Löwenberg pour des bourgeois ayant donné la preuve de leur cosmopolitisme en accordant la main de leur fille à un étranger capitaliste. Toutefois, comme il n'était pas certain d'avoir saisi tous les attendus de l'affaire, Drabik hurla :

— Taisez-vous !

Il fut d'autant plus vite obéi que la plupart des clients du *Vesela Kopa* ne disaient plus rien et buvaient. Le milicien s'approcha de Fransiszek, le patron :

— J'ai confiance en toi, Fransiszek, car tu es du Parti. Raconte-moi exactement l'histoire...

Flatté de la considération qu'on lui témoignait publiquement, le cafetier entreprit un récit minutieux du drame né de l'imagination des gens de Zakopane. Pour lui, il y aurait sûrement mort d'homme avant la fin de la journée. Immédiatement, Drabik se rangea du côté de Josef et lui fut reconnaissant de lui fournir l'occasion — au risque de sa vie — d'en finir avec Werner. Il jubilait, le sergent, car, maintenant, Grazyna lui reviendrait forcément et, du même coup, il prévoyait qu'il aurait la peau de Bogdan Malek.

En sortant du café, Wiktor s'arrêta sur le seuil pour respirer largement l'air frais de ce matin montagnard. Son devoir lui imposait de rejoindre l'adjudant afin de le prévenir, mais il songea que ce dernier serait bien capable d'avertir Werner qu'on savait ce qu'il tramait et de priver ainsi le milicien de sa vengeance et de son triomphe. Aussi résolut-il de ne rien dire et d'attendre les événements. Toutefois, il se rendit chez Ewaryst, qui vendait des vêtements de confection et des coiffures, pour s'acheter une casquette neuve, à l'acquisition de laquelle il consacra un tiers de son traitement mensuel. Il tenait à donner une bonne impression à Grazyna lorsque, le Suisse en prison, il irait se réconcilier avec elle.

Sofia, qui ne mélangeait pas les affaires du ciel et les histoires temporelles, demeurait persuadée — en dépit de ses machinations criminelles — qu'elle était une bonne chrétienne et c'est à ce titre qu'elle se dirigeait vers la petite église de Zakopane pour demander à Notre-Dame de Czertochowa de la protéger ainsi que sa famille, oubliant que c'est plutôt contre elle et les siens qu'il eût été bon de réclamer un secours divin. Comme elle longeait le marché, elle rencontra Anna, la femme de l'ingénieur des ponts et chaussées qui, à sa vue, se précipita sur elle, la prit dans ses bras et la serra avec violence en gémissant :

— Sofia !... Oh ! Sofia !... Quelle joie de te revoir saine et sauve ! Merci, mon Dieu !

Légèrement abasourdie par cette délirante démonstration d'amitié, la comtesse se dégagea :

— Tu es bien bonne, Anna... mais me pensais-tu malade ?

— Malade ?... Voyons, ma chère, ne raconte pas que tu n'es pas au courant ?

— Au courant de quoi ?

— Alors, vraiment, tu ignores que tu es en danger de mort ?

— Hein ?

Attirant son amie un peu à l'écart, Anna la mit en garde en lui révélant que son hôte, Werner, ayant découvert qu'Hildegarde se moquait de lui avec Brankowski, avait juré de tuer toute la famille Löwenberg pour réparer l'affront. Compréhensive, elle ajouta :

— Il paraît qu'ils agissent comme ça en Suisse...

Livide, sur le point de s'évanouir, Sofia balbutia un vague remerciement et, d'un pas chancelant, se traîna jusqu'à l'église sous le regard apitoyé d'Anna qui l'approuvait de chercher un refuge auprès de Dieu.

Andrei Potocki lisait paisiblement son bréviaire

lorsque la comtesse, le visage hagard, se dressa devant lui. De saisissement, le brave curé lâcha son livre.

— Eh bien ! Eh bien ! Sofia de Löwenberg, que vous arrive-t-il ?

Elle l'agrippa par le bras et, dans un souffle :

— Il faut dire des messes... beaucoup de messes... Je vous apporterai l'argent... mais jurez-moi que vous direz de nombreuses messes pour le repos de mon âme ?

— Mais, ma chère fille, il ne tient qu'à vous d'user des secours de la religion pour le goûter tout de suite, ce repos de l'âme...

— Je n'aurai pas le temps ! On va me tuer, monsieur le curé !

— On va vous tuer ?

Incrédule, Andrei Potocki scrutait la figure de son interlocutrice. Comme tout le monde, il savait que Sofia était un peu originale, mais cette panique la bouleversant... Il la pria de s'asseoir près de lui.

— Et si vous m'expliquiez tranquillement ce qui se passe ?

Elle eut un ricanement plein d'amertume.

— Tranquillement !... Tranquillement alors qu'une balle, un poignard peut à tout instant me déchirer la chair, alors que le poison est peut-être déjà en train de me ronger vive !

— Là... là... calmez-vous... Qui donc entend vous faire du mal ?

— Aloïs Werner.

— Le fiancé de votre fille ? Ce garçon si doux, si bien élevé ? Vous êtes folle, ma chère, ou vous vous moquez de moi ?

Sofia entreprit de convaincre le prêtre en lui rapportant — à travers les racontars villageois — les intentions criminelles du Suisse. Mais, contrairement à son attente, le curé ne s'attendrit nullement sur son sort.

— Finissez de jouer les gamines apeurées ! Ce n'est plus de votre âge ! Et vous devriez avoir honte d'accuser pareillement un homme à qui, sans vouloir en savoir davantage, j'accorde mon estime. Quant à Josef, il va entendre quelque chose ! Je lui apprendrai à calomnier son prochain ! Et puis, dites-moi, Sofia croyez-vous que je ne sois pas au courant de la conduite de votre fille ? Imaginez-vous qu'il y ait quelqu'un dans Zakopane pour ignorer que Brankowski file le parfait amour avec Hildegarde alors que cette dernière a engagé sa foi à Aloïs Werner ? Je vous demande donc, Sofia, que signifie un pareil mensonge ? Une aussi scandaleuse hypocrisie ? Comment osez-vous vous présenter devant moi, vous, la complice ? Le repos de votre âme, ma chère, vous n'êtes pas en train de prendre le chemin qui vous le fera trouver ! Rentrez chez vous et annoncez à Werner que le mariage est avancé. Quant à moi, je me rends chez Josef pour lui dire que j'entends ne plus le voir à Zakopane tant que votre fille et son époux ne seront pas partis pour la Suisse ! Après, je vous confesserai et j'espère pouvoir vous donner l'absolution car, rappelez-vous ce qui est écrit, Sofia : « Malheur à ceux par qui le scandale arrive ! »

Cédant aux prières de sa mère, Josef accepta de sortir de sa chambre pour se mettre à table. Son insouciance naturelle reprenant peu à peu le dessus, il commençait à faire honneur au repas lorsqu'on frappa rudement à la porte. Il resta la fourchette levée, les yeux écarquillés et sa mère comprit qu'il pensait à Werner. Sans doute, le maudit Suisse, lassé de ne pouvoir rencontrer sa victime, essayait de la forcer à domicile ? Epouvantée, Alicia se dressa, joignit les mains pour adresser une courte et fervente supplique à Dieu et à tous ses saints, puis, se souvenant que la porte n'était pas fermée au verrou, elle se précipita mais trop tard ! Déjà, l'huis s'entrebâillait et la malheureuse femme, poussant un râle d'épouvante, tomba sur les genoux comme Andrei Potocki entrait. A la vue du prêtre, Alicia fut un temps avant de reprendre ses esprits et le curé dut la relever :

— Croyez-vous, ma fille, que ce soit le lieu et le moment de réciter votre prière ?

Confuse, elle murmura :

— Je pensais que...

— Cessez de vous inquiéter !... Et toi, Josef, tu n'as pas honte de tout ce qui arrive par ta faute ?

— Ma faute ?

— Tu tiens à ce que, devant ta mère, je te donne des précisions sur la manière dont tu te conduis avec une personne qui doit épouser quelqu'un d'autre que toi ?

Brankowski baissa la tête, se contentant de marmonner :

— C'est quand même pas une raison...

— Ce qui n'est pas une raison, c'est de calomnier ton prochain ! Non seulement, tu es en train de le dépouiller, de le voler... oui ! de le voler ! Mais encore tu t'attaques à sa réputation ? Quel homme perverti es-tu donc devenu, Josef Brankowski ?

Atterrée, rencoignée au fond de la pièce, Alicia

écoutait le prêtre secouer son fils. Elle n'avait pas la force de se porter à son secours et, au fond de son cœur, elle donnait raison à Andrei Potocki.

— Je me porte garant de l'honorabilité d'Aloïs Werner, tu entends, Josef ? Malheureusement, je ne puis en dire autant de toi... Aussi, tu vas me faire le plaisir de disparaître jusqu'à ce que le mariage soit célébré !

— Et où voulez-vous que j'aille ?

— Où tu voudras ! Mais je t'avertis que si j'apprends que tu es encore à Zakopane après-demain, je parlerai de toi en chaire dimanche prochain !

Sur cette menace, le curé tourna les talons et sortit.

Ayant totalement oublié ses projets malhonnêtes envers son hôte, Sofia rentra chez elle, bien décidée à obéir au conseil d'Andrei Potocki. Elle craignait la mort et redoutait le châtiment terrestre tout autant que celui dont le prêtre l'avait implicitement menacée. Elle trouva son frère, sa fille et Aloïs qui prenaient l'apéritif. Coupant court aux salutations, elle annonça :

— Mes enfants, j'ai pensé qu'en dépit de notre deuil, nous pourrions avancer la date de votre mariage... Que diriez-vous de le fixer à aujourd'hui en quinze ?

Pris au dépourvu, Jan et Hildegarde ne répondirent pas tout de suite et Werner, mis au pied du mur, fut contraint de leur apprendre ses intentions :

— Madame, je suis navré de vous décevoir, mais

j'estime qu'un mariage qui ne serait pas fondé sur une attirance réciproque irait à l'échec...

— Que voulez-vous dire ?

— Que j'ai le regret de constater que votre fille ne m'aime pas. Elle aime Josef Brankowski !

— Ce sont des ragots de village !

— Permettez-moi d'en douter...

Hildegarde se mordit les lèvres de dépit.

— ... et c'est pourquoi, Hildegarde, je vous rends votre parole. Pour éviter des commentaires désagréables, je resterai ici quelques jours encore. Je me ferai adresser un télégramme me rappelant d'urgence à Berne... Le temps distraira les curiosités et les apaisera... Je crois que c'est la meilleure solution.

Il les salua et regagna sa chambre. Sofia s'en prit aussitôt à sa fille :

— Comment as-tu pu être aussi imprudente ?

Mais Hildegarde n'était pas troublée le moins du monde.

— C'est mieux ainsi. Je n'aurai pas à jouer la comédie. Vous saviez l'un et l'autre que je n'épouserais pas Werner ; alors, qu'y a-t-il de changé ? Simplement il faut en finir dès ce soir avec lui !

— Dès ce soir ?

— Dès ce soir !

Josef discutait avec sa mère de l'endroit où il pourrait se réfugier pour se soumettre aux injonctions du curé quand le sergent Drabik se présenta :

— Salut, Josef... Je te dérange pas ?

— Mais non... mais non... au contraire !

La présence du milicien le rassurait. En effet, il

n'était pas du tout certain que le prêtre voyait juste en ce qui concernait les intentions homicides de Werner.

— Je viens te parler au sujet de ce qu'on raconte...

— Vraiment ?

Wiktor attendit un petit moment puis, très calme :

— Moi, je connais ce Suisse... Il y a pas plus faux jeton et s'il l'a décidé, il te tuera !

Alicia poussa un gémissement sourd et Josef balbutia :

— Tu... tu crois ?

— J'en suis sûr... Entre nous, je suis à peu près convaincu que c'est lui qui a démoli le comte... et je mettrai pas ma main au feu qu'il est pas l'auteur de l'accident qui a provoqué la mort de Tadeus Stanek...

— C'est pas... pas possible ?

— C'est une vraie bête enragée, ce type-là, Josef ! Tu l'as doublé avec Hildegarde et il entend se venger sur tout la famille... Tu y passeras en premier parce qu'à ses yeux, tu es le plus coupable après le père qui a permis le truc...

Ratatinée sur sa chaise, Alicia, à laquelle les deux hommes ne prêtaient pas attention, se demandait combien de temps encore elle aurait la force de supporter tout ça. Josef tapa sur la table :

— Alors, protège-moi, bon Dieu ! Arrête-le !

— Comment l'arrêter ? On peut pas démontrer qu'il a frappé le comte et toi, il t'a pas encore attaqué !

— Je vois... Vous attendrez que je sois mort pour vous intéresser à lui, hein ?

— Si c'était ça, je serais pas ici... Ecoute, Josef, il y aurait un moyen qui me permettrait de l'agrafer...

— Lequel ?

— Que tu portes plainte contre lui pour menace de mort.

— Mais il m'a pas menacé !

— Qu'est-ce qui le prouve ? Tout Zakopane te servira de témoin et je te parie qu'il se présentera au moins une quinzaine de personnes pour jurer qu'elles ont entendu les menaces de Werner. Qu'est-ce que t'en dis ?

— Ma foi, si c'est le seul moyen de m'en sortir...

— Le seul... sinon je donne pas cher de ta peau !

Josef se leva, résolu :

— C'est bon, je vais chez Bogdan Malek.

A ce moment, sa mère intervint :

— Et ce que t'as promis au curé, Josef ?

Du coup, son élan coupé, le garçon hésita. Furieux de ce contretemps, Wiktor hurla :

— Qu'est-ce qu'il fout dans cette affaire, Andrei Potocki ?

Brankowski lui raconta la visite du curé et la promesse qu'il lui avait arrachée. Le sergent vociféra :

— Mais tu comprends donc pas que tous ces gens-là sont d'accord ! Le clergé et le capitalisme, ça va ensemble, non ? Potocki veut sauver son copain suisse. Ils sont du même bord et ils s'en fichent pas mal de toi ! Tu vas quand même pas les laisser faire ? Je t'avertis, Josef... si tu te sauves, je te dénonce au Parti comme incivique et déviationniste ! Après, je te la souhaite belle l'existence que tu mèneras !

L'adjudant Malek revenait de la cure où Andrei Potocki l'avait mandé d'urgence pour lui rapporter les bruits qu'on répandait sur Aloïs Werner. Bogdan était intrigué. A quoi rimait cette histoire ? Qui se trouvait derrière tout ça ? Lui non plus ne croyait pas à une culpabilité possible du Suisse. Certes, on ne peut jamais prévoir les réactions exactes d'un homme bafoué, mais celui-ci paraissait à l'adjudant trop équilibré pour commettre de sang-froid un meurtre dont tout le monde serait averti. Sans doute, le meurtrier ayant manqué son coup avec le comte essayait-il de faire endosser la responsabilité de son forfait par un autre, mais pourquoi ? Dans quel but ? Malek ne voyait pas de motif à ces actions contraires à la loi et il s'irritait de ne pas comprendre. Brave Andrei Potocki qui croyait facile de mettre la main sur le coupable ! Il en était là de ses réflexions lorsqu'on lui apprit que Josef Brankowski désirait lui parler. Il ordonna de l'introduire.

— Qu'est-ce que vous voulez, Brankowski ?

Gêné, l'autre, debout, tortillait son chapeau entre ses doigts.

— Eh bien ! voilà, chef, c'est au sujet de M. Werner...

— Vraiment ?

— Il m'a menacé de me tuer !

— Tiens ! Tiens !

— C'est comme je vous le dis, chef...

— Asseyez-vous et donnez-moi des détails ?

Pas tellement à son aise, Josef se lança dans une

longue explication d'où il ressortait qu'ayant rencontré Aloïs, ce dernier lui avait juré qu'il le tuerait.

— C'est pour ça, chef, que je suis venu vous demander s'il n'y aurait pas moyen de l'arrêter ?

— Possible... Où a eu lieu la rencontre ?

— Heu... au carrefour du marché et de la grand-route.

— A quelle heure ?

— Vers neuf heures, je pense.

— A cette heure-là, il y a pas mal de monde qui traîne à cet endroit-là. Votre querelle a dû attirer des curieux ?

— Oh ! bien sûr...

— Bon. Eh bien, citez-moi les noms de quelques témoins ?

Josef hésita.

— C'est-à-dire que je me rappelle pas exactement...

— Qui est parti le premier, du Suisse et de vous ?

— Lui.

— Vous en êtes certain ?

— Vous pensez !

— Alors, avec qui avez-vous parlé à ce moment-là ?

— Avec qui j'ai... avec personne.

L'adjudant regarda son visiteur dans les yeux :

— Vous vous moquez de moi, Brankowski ?

— Mais non, chef, je vous jure que...

— Vous avez, en public, une querelle assez grave pour entraîner des menaces de mort et lorsque votre agresseur s'éloigne, aucun de vos amis ne vous adresse la parole ? Vous savez ce que c'est que le faux témoignage ?

— Mais, chef...

— Et puis, Andrei Potocki vous avait donné un excellent conseil, pourquoi ne le suivez-vous pas ?

— C'est Wiktor Drabik qui m'a dissuadé de le suivre...

— Wiktor Drabik, hein ? Et ce ne serait pas lui, par hasard, qui vous aurait soufflé de venir me voir pour faire une fausse déposition ?

Sentant que la partie était perdue, Josef n'insista pas :

— Si.

Fatigué d'attendre une heure qui lui semblait ne devoir jamais sonner — celle où Werner se jetterait sur Josef et où il pourrait lui mettre la main au collet — Wiktor, coiffé de sa casquette neuve, se rendit au chalet dans le but de reconquérir Grazyna. Il se présenta à Feliksa et à son infidèle avec une courtoisie qu'il n'avait jamais encore montrée :

— Je vous dérange pas, mesdames ?

Drabik profita de l'effet de surprise causée par son ton cérémonieux pour entrer et après avoir ôté sa casquette qu'il plaça soigneusement sur la table, il prit une chaise et s'y installa.

— Alors, comment se porte-t-on dans cette maison ?

La cuisinière protesta :

— Comme si tu le savais pas ! Qu'est-ce que tu veux ?

— Eh bien ! J'ai cru qu'avec un assassin rôdant autour de vous, vous deviez pas vous sentir en sécurité et il m'a semblé que mon devoir était de vous protéger.

Grazyna, les lèvres pincées, s'approcha :

— Et qui c'est, d'après toi, cet assassin, Wiktor ?

— Le Suisse, parbleu !

La gifle claqua avec une telle force qu'on dut l'entendre jusqu'au milieu de Zakopane. Sur le moment, le milicien en resta bouche bée. Puis, ayant retrouvé ses esprits, il se leva :

— Tu te rends bien compte de la signification de ton geste, Grazyna ? T'as frappé un milicien en uniforme ! T'as giflé la Pologne !

— Si t'incarnais la Pologne, je me ferais naturaliser chinoise !

— Plaisante, ma fille, plaisante ! Rira bien qui rira le dernier ! T'essaies en vain de protéger un meurtrier qu'est sur le point de commettre un autre crime ! Je te félicite ! La Pologne peut être fière de toi !

Feliksa n'y put tenir :

— T'as fini, Wiktor, avec tes sermons stupides ? M. Werner s'est enfermé dans sa chambre et il a pas l'air de vouloir tuer qui que ce soit... mais bien de quitter ce pays au plus vite !

— Si on le laisse partir !

— C'est toi qui l'en empêchera ?

— Ça se pourrait...

La cuisinière s'empara du couperet dont elle venait de se servir et le brandissant :

— Faudrait pas me pousser à bout, Wiktor Drabik ! Car si jamais tu continues à embêter M. Werner et Grazyna, aussi vrai que je suis bonne catholique, je te fends le crâne !

Et, pour appuyer sa démonstration, elle abattit avec un han ! de bûcheron son couperet sur la belle casquette du sergent qu'elle coupa en deux. Wiktor bondit :

— Ma casquette !

Il en ramassa les morceaux que, dans un geste puéril, il tenta de joindre :

— 250 zlotys !... Je l'ai payée 250 zlotys... C'était une casquette de parade...

— Estime-toi heureux qu'il n'y ait pas eu ta tête dedans... tu serais plus en état de discuter à présent !

Prise de fou rire, Grazyna s'étranglait. Très digne, Drabik se dirigea vers la porte en déclarant :

— C'est bon... J'ai compris... Je me suis bien trompé sur toi, Grazyna ; tu vaux pas plus cher que cette vieille sorcière !

Outrée, Feliska rugit :

— Méfie-toi qu'elle prenne pas son manche à balai pour t'en caresser les côtes, la vieille sorcière !

— Si vous levez encore la main sur moi, Feliksa, je jure par Lénine que je vous colle une balle dans la peau ! Je ne reviendrai plus... Mais tout le mal que je pourrai vous faire, je vous le ferai. Je serai content que le jour où je vous verrai partir pour un camp de rééducation politique. Vous y comprendrez, ce qu'est la marche en avant du prolétariat, en binant des betteraves... Sans adieu, suppôts de la réaction !

— Dites-moi, sergent, j'ai entendu dire qu'Eugenius, le vacher, cherchait un compagnon pour partir en sa compagnie dans la montagne... Ça ne vous tenterait pas ?

Wiktor regarda Malek avec des yeux ronds.

— Je ne comprends pas, chef ? Je suis milicien et...

— Pas pour longtemps, Drabik !

— Pas pour longtemps ?

— Ça m'étonnerait fort que vous portiez encore cet uniforme la semaine prochaine lorsqu'on saura à Cracovie que pour assouvir une rancune personnelle, vous suscitez des faux témoignages, et je prévois même que le Parti vous laissera tomber... Vous auriez dû choisir quelqu'un ayant plus de cran que Brankowski, sergent...

Drabik en avait assez de se faire houspiller et, au lieu de montrer de la confusion, il réagit violemment :

— Vous êtes content, hein, chef ? Vous espérez que, moi parti, vous pourrez fricoter avec vos copains petits-bourgeois, pas vrai ? Que vous saboterez l'évolution démocratique de la Pologne à Zakopane ? Eh bien ! vous vous fourrez le doigt dans l'œil, car lorsqu'on saura que vous avez rien voulu tenter pour empêcher un meurtre, c'est vous qui serez heureux d'aller dans la montagne pour y gagner de quoi manger un morceau de pain. Mais rien prouve que vous serez capable d'être vacher ! Et on me félicitera de vous avoir désobéi, d'avoir brisé votre conspiration car, moi, monsieur l'adjudant Bogdan Malek, je l'arrêterai, l'assassin ! Que ça vous plaise ou non !

CHAPITRE VII

Sofia, tout entière retombée sous l'influence de sa fille, mit au point avec elle et Jan le nouveau piège où Werner devait, enfin, trouver la mort et Hildegarde, par voie de conséquence, la fortune et la liberté. On décida de reprendre l'idée de feu Gunther en la perfectionnant. On installerait le fusil de telle manière que son canon soit dirigé à peu près à la hauteur de la poitrine de la victime lorsque cette dernière se rendrait, comme chaque soir, dans ce coin de jardin jouxtant la porte basse qui donne sur le chemin longeant la propriété par-derrière. Mais, par un système de ficelles, Jan manœuvrerait l'arme de loin. C'était là l'innovation due à l'esprit fertile d'Hildegarde. Une première ficelle lui permettrait d'actionner la gâchette à l'instant propice, une seconde servirait à ramener tout de suite l'arme qu'il emporterait sans s'approcher du lieu de l'attentat. Josef, convoqué spécialement, s'emparerait alors du fusil et irait aussitôt le jeter dans un trou du torrent qu'il connaissait. Cette fois, tout devrait marcher comme sur des roulettes et la police mettrait sans doute l'attentat au compte du mystérieux agresseur du comte. Avec une inconscience incroyable, Sofia — lorsque tous les détails eurent été réglés avec minutie — soupira :

— Espérons que cette fois, Dieu sera avec nous !

Mais pour que l'affaire eût toutes les chances de se bien terminer, il importait d'agir avec la plus extrême discrétion. C'est pourquoi Feliksa fut expédiée à l'autre bout du village sous un prétexte quelconque, tandis que Grazyna recevait l'ordre de se rendre chez les Brankowski afin d'annoncer à Josef qu'Hildegarde l'attendait pour dîner, ayant une importante nouvelle à lui apprendre.

Les domestiques parties, les trois complices descendirent au jardin et pendant que Sofia faisait le guet, Hildegarde et Jan, prenant leurs points de repère, installaient l'arme et procédaient à une répétition générale qui leur donna toute satisfaction. Si Werner s'en tirait cette fois-ci, il faudrait admettre que le diable lui-même venait à son secours !

Si Alicia reçut Grazyna avec méfiance, voire avec hostilité, il n'en fut pas de même de Josef qui s'ennuyait ferme dans sa demeure où les gémissements de sa mère lui brisaient les nerfs. Brankowski, après son entrevue sévère avec Malek, inclinait à penser que l'adjudant avait raison. Il ne tenait pas du tout à servir les intérêts de Wiktor Drabik. Contrairement donc à Alicia, il accueillit la jeune fille avec gentillesse :

— En voilà une surprise, Grazyna ! C'est la première fois que tu viens ici ?

— Oui, monsieur Brankowski... C'est Mademoiselle qui m'envoie.

— Qu'est-ce qu'elle veut ?

— Elle m'a chargée de vous dire qu'elle vous attendait pour dîner à huit heures car elle a des choses très importantes à vous confier.

— Ah ?... Et tu sais de quelles sortes de choses il s'agit ?

— On ne me prend pas pour confidente, monsieur Brankowski.

— Bon... eh bien ! c'est entendu, je serai là-bas un peu avant huit heures.

Le cri que poussa Alicia les fit sursauter :

— Non !... Non, Josef, t'iras pas là-bas ! C'est le Suisse qui t'attire au chalet pour t'y abattre ! Je t'en supplie, mon petit, écoute-moi, ne va pas là-bas !

Grazyna ne pouvait laisser soupçonner Werner d'intentions aussi perfides et elle prit vigoureusement sa défense, le dépeignant comme un homme aimable et doux sur lequel des gens malintentionnés répandaient des calomnies atroces. Revigoré par ce secours inattendu, Josef triompha de ses dernières appréhensions et renvoya la jeune fille en lui assurant qu'il serait exact au rendez-vous.

Devant l'insolence manifestée par Wiktor, Malek avait pris la décision de se rendre immédiatement à Cracovie pour y appuyer son rapport sur le danger que les initiatives de son subordonné faisaient courir au maintien de l'ordre dans Zakopane et sur l'impossibilité où il se trouvait de garder à ses côtés un sergent qui, loin de reconnaître ses erreurs, méprisait les règles élémentaires de la hiérarchie et se moquait tout autant de la discipline que du respect dû à son chef.

S'estimant couvert par le parti, Wiktor Drabik ne ressentait aucune inquiétude quant aux résultats de cette démarche. Il y voyait, au contraire — et paradoxalement — l'annonce de la défaite sans appel de son ennemi dont il estimait devoir bientôt prendre la place. Dans l'euphorie de cette prévision, s'étant de nouveau rendu chez Ewaryst pour y reprendre sa vieille casquette, il se résolut à un nouveau sacrifice et en acheta une neuve qu'il posa sur sa tête avec orgueil, car il y placerait bientôt les insignes de son futur grade.

Drabik rencontra Josef à la hauteur de la quincaillerie de Molko. Le champion de ski essaya de l'éviter, mais ce n'était pas facile et ce d'autant plus que le milicien l'appela :

— Hé, Josef ?

Bon gré, mal gré, il dut s'arrêter.

— Qu'est-ce qu'il y a, Wiktor ?

— Il y a, bonhomme, que t'es un traître !

— Mais...

— Inutile de mentir ! Je sais que tu m'as vendu ! Et moi qui te considérais comme un ami... qui avais confiance en toi... Ah ! ça te réussit pas de fréquenter les déviationnistes ennemis du peuple ! Josef, veux-tu que je te dise ? T'es sur le chemin de la perdition... Tu t'écartes du prolétariat dont tu trahis les fils ! Où vas-tu ?

— Chez les Löwenberg... J'y suis invité à dîner.

Drabik eut un ricanement de pitié.

— T'es retombé dans leurs filets, hein ? Tu regretteras de pas m'avoir écouté, Josef... mais je peux pas t'empêcher de te conduire comme un imbécile, chacun est libre de courir après sa mort. T'as laissé des instructions pour ton enterrement ?

Un pareil discours n'était pas de matière à raffermir la sérénité de Brankowski. Il avait beau se répéter que le milicien exagérait, une sourde inquiétude le taraudait. Et si, par hasard Wiktor ne se trompait pas ?

— Tu... tu penses vraiment que... que je serai en danger là-bas ?

— En danger ? T'as pas une chance d'en réchapper ! Le Suisse te guette, va, et dès que t'auras franchi le seuil du chalet, tu y auras droit !

— Mais Hildegarde ne peut pas être d'accord avec Werner, voyons ! Et c'est elle qui m'invite !

— Elle t'a envoyé un billet ?

— Non, c'est Grazyna qui m'a fait la commission.

Drabik éclata de rire :

— Ça, c'est le bouquet ! Malheureux, tu sais donc pas que Grazyna est amoureuse de ton ennemi et qu'elle vendrait son âme pour lui ? Elle est sa complice, je m'en suis douté presque dès le premier jour. Ce que tu m'apprends me le confirme... En somme, tu tiens à te suicider ?

Brankowski hésitait sur la décision à prendre. Ce qu'on lui racontait sur Grazyna changeait tout. Cependant, il était de notoriété publique que le sergent pressait la jeune fille de l'épouser. La jalousie entrait-elle dans ses suppositions pessimistes ? Josef n'acceptait pas, d'autre part, de renoncer à Hildegarde qu'il aimait et qui lui apporterait une liberté dorée.

— Tu as peut-être raison, Wiktor... mais si, par hasard, c'était bien Hildegarde qui m'a appelé ? Je peux pas lui infliger l'affront d'un refus... Tu n'ignores pas qu'Hildegarde et moi...

— Bon, bon, agis à ta guise, je t'aurai prévenu. Ma conscience me reprochera rien. En tout cas, demeure sur tes gardes et si tu vois le Suisse, surveille-le sans relâcher ton attention. A la moindre menace, cogne le premier !

Maintenant Josef n'éprouvait plus la moindre envie de se rendre à ce dîner. Soudain, il eut une idée :

— Wiktor, si tu étais vraiment un ami, tu viendrais avec moi ?

— Aller avec toi ?

— Tu m'accompagnerais au moins jusqu'à la porte... En ta présence, personne n'osera quoi que ce soit ?

Flatté, le sergent se rengorgea et, très condescendant :

— Daccord, mais c'est bien parce que c'est toi, Josef... et parce que je tiens pas à ce que ta mère perde son fils unique.

Installé à son poste de guet depuis un bon moment pour le cas où Werner, qui n'avait point quitté sa chambre depuis la déclaration de rupture de ses fiançailles, serait venu plus tôt que de coutume à son coin familier, Jan ne cessait de se répéter les mouvements qu'il aurait à accomplir. Tirer sur la ficelle molle commandant la gâchette du fusil, puis, presque immédiatement, tirer sur la ficelle beaucoup plus tendue qui ramènerait l'arme. Bondir ensuite dans le chalet dont il n'était séparé que par une dizaine de mètres et remettre le fusil à Josef qui filerait par-derrière pendant qu'on se précipiterait sur le cadavre d'Aloïs pour s'y lamenter comme il convenait. Tout semblait bien réglé. Les domestiques, occupées à préparer le repas, ne verraient rien et lorsque le coup de feu les attirerait dehors, Jan, à l'abri des buissons, aurait eu le temps de disparaître avec l'arme du crime. Cependant, malgré sa confiance, il ne pouvait s'empêcher d'éprouver une certaine angoisse. Il songeait à son beau-frère qui, dans des conditions presque identiques, avait été agressé si brutalement qu'il en était mort.

De son côté, Werner, après avoir mûrement réfléchi, en était arrivé à cette conclusion : le fait même qu'il se trouvait en liberté montrait assez que nul ne soupçonnait sa véritable identité. Le remue-ménage suscité dans Zakopane par les intentions homicides qu'on lui prêtait devait avoir une autre cause. Et c'est alors qu'il repensa à la comédie jouée à Jan, à ses menaces à l'égard d'Hildegarde et de Josef, à son récit de la mort d'Heidi. Tout de suite, il fut convaincu que le frère de Sofia, effrayé, n'avait pas gardé pour lui seul les pseudo-confidences qu'il lui avait faites. Il se mit à rire. Quelle belle histoire à raconter ! Seulement, si les Löwenberg étaient persuadés de la véracité de ses projets criminels, ils allaient prendre les devants. Il se devait donc d'ouvrir l'œil et le bon afin de n'être pas attaqué au dépourvu et de trouver l'occasion d'en terminer avec Jan et Hildegarde que le M. I. 5 avait condamnés. Et subitement, Aloïs réalisa que Jan avait raison, qu'il était bien décidé à tuer. Dans son esprit, sa mission se différenciait tellement d'un vulgaire meurtre qu'il en arrivait à ne plus prendre conscience que des cadavres devaient témoigner de sa réussite. Werner en conclut qu'il se faisait décidément vieux et qu'il était temps de regagner la chère vieille Angleterre, définitivement.

Tout en chaussant des espadrilles qui lui permettraient une marche silencieuse, Aloïs reconnaissait que, jusque-là, il ne s'était pas montré tellement brillant. S'il avait bien joué son rôle de Bernois amoureux, ce n'était pas lui qui avait tué Gunther von Löwenberg et, sans Grazyna, Stanek aurait peut-être eu sa peau.

En s'approchant tout doucement de la salle à manger, Werner aperçut Sofia et sa fille qui surveillaient Grazyna en train de mettre le couvert. Il ne se doutait pas que les deux femmes, depuis qu'elles savaient que leur hôte aimait à utiliser le poison, étaient décidées à prendre les plus grandes précautions pour ne pas connaître le sort de la malheureuse Heidi. Aloïs s'éloigna lentement. Du côté de Sofia et d'Hildegarde, il ne semblait rien avoir à craindre pour l'instant. Il se glissa précautionneusement dans le jardin où, depuis la mort du comte, il ne se risquait plus sans appréhension. Par précaution, il évita son chemin coutumier et suivit le mur de clôture. Ce fut le reflet du soleil sur une surface polie qui l'arrêta, intrigué. Il se fit plus silencieux encore et c'est ainsi qu'il surprit Kotlowski mettant la dernière main à sa machine à tuer. Werner sourit, amusé, et chercha la riposte car, pour lui, il n'y avait pas à s'y tromper : Jan espérait le tuer en tablant sur l'habitude de son hôte d'aller à l'endroit que visait le canon du fusil.

Quand ils furent à proximité du chalet, Wiktor, qui se piquait de tactique subtile, s'arrêta :

— Si l'assassin t'attend, Josef, il doit se tenir près de la porte... Nous allons le surprendre en pénétrant par le jardin... Il va faire une drôle de tête quand il se verra joué !

Jan n'en crut pas ses yeux lorsqu'il aperçut Josef et Wiktor qui se préparaient à se glisser par la petite porte donnant sur la route et qui les ferait obligatoirement passer dans son champ de tir. Quels imbéciles ! Si jamais Aloïs arrivait au même moment, le coup serait encore une fois manqué ! De son observatoire, voyant tout sans être vu, Kotlowski supplia intérieurement Josef et le milicien de se hâter de quitter le jardin avant que le Suisse n'y apparaisse ! Puis il se demanda si la sagesse ne commanderait pas de remettre le criminel projet à plus tard, car la présence de Drabik compliquait tout et risquait de réduire le temps qu'il s'était réservé pour se créer un alibi et camoufler l'arme. De plus, comment remettrait-il cette dernière à Josef si Wiktor lui collait aux chausses ?

Ignorant tout de l'arrivée du milicien et de Josef, Werner, bien décidé à jouer un tour à sa façon à Jan désireux de le supprimer, s'approcha en rampant des longues ficelles qui pendaient derrière Kotlowski et les amenant à lui par secousses imperceptibles, il finit par tirer d'un geste sec sur celle commandant la gâchette de l'arme à l'instant précis où le hasard faisait entrer Wiktor et Brankowski dans la zone dangereuse. Un double hurlement fit écho au coup de feu et, tandis que le frère de Sofia, paralysé par l'incompréhension, s'imposait un effort surhumain pour ramener le fusil et s'enfuir vers le chalet, Werner, le précédant dans son repli stratégique, gagnait sa chambre dont il claquait bruyamment la porte en criant :

— Que se passe-t-il ?

Du bas de l'escalier, Grazyna lui répondit qu'elle ne le savait pas. Quant à Jan, entré en titubant dans le salon, il fut rejoint par sa sœur et sa nièce qui lui demandèrent :

— Alors, ça y est, cette fois ?

Incapable de parler, il fit non de la tête. Hildegarde s'empara vivement de l'arme qu'elle emporta sans demander d'autres explications et Jan se laissa tomber dans un fauteuil où il eut de la peine à retrouver l'usage de la parole.

Assis sur le sol où la frayeur les avait précipités, Joseph et Wiktor, pâles, la sueur aux tempes, réalisaient qu'ils venaient d'échapper à un attentat. Le sergent tenait dans ses mains raidies la belle casquette hachée par les plombs. L'œil fixe, il la contemplait, partagé entre l'indignation douloureuse de voir encore une fois son argent perdu et l'affolement à l'idée que la mort l'avait manqué de peu. Pour Brankowski, muet, il pleurait comme un gosse injustement persécuté. Bientôt la colère souleva le milicien. D'un élan, il se remit debout et, négligeant toute prudence, il se jeta vers l'endroit d'où le coup de feu lui paraissait être parti, mais il n'y trouva rien. Il rabroua Josef qui l'avait rejoint :

— Alors, t'es convaincu à présent ? Il a failli réussir un doublé, le misérable !

Cette scène s'était déroulée en quelques secondes, juste le temps de permettre à Jan, Sofia et Hildegarde d'accourir en direction du salon tandis que Feliksa, Grazyna et Werner apparaissaient, venant de la cuisine et de l'entrée principale. Les questions se croisèrent, affolées, pressantes, mais quand le Suisse se montra, Josef poussa un cri d'épouvante et se sauva à toute vitesse. Amusé, Aloïs s'enquit :

— Qu'est-ce qu'il lui prend ?

Wiktor se campa devant lui :

— Vous vous en doutez sans doute pas, monsieur Werner ?

— Ma foi...

— Eh bien ! il lui prend qu'il a peur de vous ! Et il a fichtrement raison !

— Qu'est-ce que je lui ai fait ?

— Oh ! pas grand-chose... simplement vous avez essayé de le tuer d'un coup de fusil et si vous l'avez manqué, moi, j'ai bien été sur le point d'y passer !

Pour confondre son ennemi, il lui brandit sous le nez sa casquette trouée par les plombs.

— Vous êtes fou ?

— D'abord, je vous conseille de me parler sur un autre ton, sinon je vous embarque sans attendre davantage. Où étiez-vous ?

— Quand ?

— Quand on a tiré.

— Dans ma chambre.

— Bien sûr !...

Grazyna s'avança :

— C'est vrai ! Il descendait l'escalier lorsque je suis sortie !

Le sergent lui lança un coup d'œil haineux :

— Vous, taisez-vous ! Je vous ai rien demandé, et il est pas dit que je ne vous arrête pas comme complice !

— Complice de quoi ?

— De quoi ? Eh bien ! vous montrez une audace qui m'étonne d'ailleurs pas de la part d'une déviationniste antiparti ! Complice d'une tentative de meurtre sur la personne de Josef Brankowski et sur celle d'un milicien en uniforme ! Avec ça, mademoiselle Parodnikowa, vous risquez d'en avoir pour quelques années à méditer sur les dangers de préférer un représentant du monde pourri du capitalisme à un fils de la démocratie triomphante !

D'un ton lourd de menaces, Feliksa remarqua paisiblement :

— Le fils de la démocratie triomphante serait bien inspiré d'arrêter de débiter des âneries sans quoi il pourrait avoir des ennuis...

— Et quelles sortes d'ennuis, s'il vous plaît, madame Otchokowa ?

Elle se précipita sur lui tel un buffle blessé chargeant le chasseur maladroit et l'empoignant par sa tunique et son baudrier, elle le souleva presque de terre en lui criant dans la figure :

— Tu veux que je t'en donne un échantillon ?

— Lâchez-moi !

Inquiet, Wiktor se rendit compte qu'il était entouré d'ennemis et qu'il serait plus sage de composer, du moins pour l'instant. Feliksa l'abandonna. Remettant de l'ordre dans sa tenue, il commenta :

Tout ça se paiera en son temps...

Et, plein d'une mauvaise foi hargneuse, il apostropha le trio Sofia, Jan et Hildegarde :

— Et vous ? Vous n'avez rien à dire naturellement ? Vous avez rien vu ? Rien entendu ?

— Nous étions au salon, attendant le moment de nous mettre à table... Le coup de feu nous a surpris... et le premier mouvement d'inquiétude passé, nous sommes venus...

Jan donnait tellement l'impression de ne pas croire ce qu'il racontait qu'il fallait toute l'inexpérience de Drabik pour ne pas le remarquer. Le milicien s'adressa à Hildegarde :

— Et vous ?

— Je me trouvais avec mon oncle... Je l'ai imité...

— Et vous ?

Sofia poussa un petit cri effrayé comme une souris prise au piège :

— Moi ?

— Oui, vous ! Ça vous a pas étonnée qu'on tire des coups de fusil dans votre jardin ?

— Non.

— Non ?

— C'était prévu, n'est-ce pas ? Alors, pourquoi aurais-je eu peur ?

Jan et sa nièce se regardèrent. Partie comme elle l'était, ne se rendant compte de rien, la comtesse allait tout révéler. Drabik s'approcha de Sofia :

— Vous seriez pas en train de vous payer ma tête, des fois ?

— Pardon ?

— Parce que j'aime mieux vous prévenir tout de suite, c'est pas une ex-aristocrate qui pourra acheter Wiktor Drabik, membre du parti et sergent de la Milice ! Et sachez que vos grands airs m'intimident pas ! Ils me feraient même plutôt rigoler ! Alors, comme ça, vous vous attendiez à ce qu'on tire ?

— Oui, mais pas sur vous !

— Et sur qui, s'il vous plaît ?

Si Wiktor ne l'avait pas houspillée, sans doute, Sofia se serait-elle laissée glisser inconsciemment aux confidences ; mais d'avoir été rudoyée en public la bouleversa et lui rendit le sang-froid perdu. Elle examina les visages tendus de son frère et de sa fille, réalisa ce qu'elle avait failli faire et prit le sage parti de s'évanouir. Dépité, Drabik dut laisser Hildegarde et Feliksa emporter la maîtresse de maison. A ceux qui restaient, il déclara :

— Tout me paraît clair... M. Werner a tenté de tuer son rival, mais il semble qu'il ait eu un ou plusieurs complices... Je vais étudier le cas, mais tant pis pour ceux qui auront donné de faux témoignages ! Que personne d'entre vous quitte Zakopane... Je reviendrai interroger la comtesse...

Tandis que Jan rejoignait sa sœur, Drabik quittait le chalet. Aloïs s'apprêtait à remonter dans sa chambre lorsque Grazyna le retint :

— Monsieur Werner, c'est pas vous, n'est-ce pas ?

— Mais non, Grazyna, ce n'est pas moi ! Pourquoi tuerais-je ce pauvre Josef ?

— A cause de Mlle Hildegarde ?

— Mais elle ne compte plus pour moi ! Bien sûr, au début... C'est fini maintenant... comme si elle n'avait jamais existé...

— Oh ! que je suis contente !

Aloïs se sentait de plus en plus attiré par la jeune Polonaise et il commençait à se demander si elle ne serait pas, après tout, la compagne rêvée pour un célibataire décidé à renoncer à ses vieilles habitudes.

Dans la soirée, Werner prit part au dîner silencieux qui réunit les hôtes du chalet. On servait le dessert lorsque Grazyna vint dire que la mère de M. Brankowski demandait si on savait où se trouvait son rejeton. On lui fit répondre que non. Aloïs remarqua :

— Josef s'est imaginé que j'en voulais à sa vie...

Sofia répliqua :

— Il n'est pas le seul ! Tout Zakopane est persuadé que vous êtes décidé à le supprimer !

— C'est stupide.

Il sembla à Werner qu'il ne convainquait personne. De retour dans sa chambre, tout en contemplant l'ombre envahissant la vallée puis montant à l'assaut des crêtes, il se dit que la panique de Josef pouvait lui compliquer sa tâche et qu'il agirait sagement en mettant au plus vite les choses au point entre Brankowski et lui. Il attendit que la nuit fût complètement venue pour quitter discrètement le chalet.

En sortant du chalet, Josef était parti droit devant lui, semblable au cerf poursuivi et qui fonce pour échapper à la meute. Il gagna les hauteurs de Zakopane et alla s'étendre dans un bois de sapins où, se sentant à l'abri, il soliloqua amèrement sur sa situation avant de s'endormir. Sa fuite ne passa pas inaperçue et réalimenta merveilleusement la légende en train de naître autour du différend Brankowski-Werner. La fraîcheur du crépuscule réveilla le fils d'Alicia. Son énervement calmé, il décida de rentrer chez lui mais ne s'y résolut que la nuit tombée. Ayant recouvré son sang-froid, en passant devant *Le Joyeux Luron,* il ne résista pas au plaisir de boire un verre. Fransiszek, le patron, l'accueillit d'un joyeux autant que maladroit :

— Alors, pas encore assassiné ?

— Tout juste !

Fransiszek fut sur le point de rire ainsi que les autres clients, mais ils se retinrent, car Josef ne semblait pas du tout plaisanter. Sollicité de raconter les événements arrivés, Brankowski — à qui chacun tenait à payer un verre, si bien qu'au bout de trois quarts d'heure il était complètement ivre — rapporta d'une voix entrecoupée de sanglots l'attentat auquel il avait survécu par miracle et conclut :

— Voilà... c'est la vie... On est un homme tranquille... on veut de mal à personne.... on vit avec sa mère... en bon fils, quoi !... bon citoyen aussi... et un Suisse se ramène pour vous faire passer le goût du pain !... C'est un peu raide, non ? Je sais même pas où c'est exactement la Suisse !... Tu sais ça, toi, Fransiszek ?

Le patron se gratta l'occiput comme pour aiguillonner sa mémoire et, sans se compromettre, répondit :

— Quelque part par-là...

Et d'un doigt qui ne tremblait pas, il montrait la nuit en direction de l'ouest.

— T'es sûr ?

— Ben, voyons... La Suisse, c'est un pays capitaliste, hein ?

— Oui.

— Et les pays capitalistes, où est-ce qu'ils sont ?

— A l'ouest.

— Donc, la Suisse est à l'ouest !

Confondue par la limpidité de ce raisonnement à la logique impeccable, l'assistance observa quelques secondes d'un silence respectueux. Décidément, c'était quelqu'un Fransiszek ! Mais en pénétrant dans le café, Milko, le quincaillier, pulvérisa cette espèce de recueillement :

— Brankowski est là ?

On s'écarta pour qu'il pût voir Josef.

— Ah ! Josef ! Je suis entré pour te prévenir que j'ai rencontré le Suisse...

Il ajouta avec une gravité qui donnait le frisson tant on y devinait de sinistres présages :

— ... il te cherche !

Quelle nouvelle ! On prit des visages de circonstance et Josef, éperdu, se vit entouré de regards apitoyés dont la signification, ajoutée à l'alcool absorbé, acheva de l'affoler. Il se leva avec peine.

— Faut que je me cache... Quelqu'un m'accompagne-t-il ?

Ils feignirent de n'avoir pas entendu. Brankowski eut une sorte de hennissement où le mépris le disputait à l'amertume. Seul ! Il était seul... Il fut sur le moment de pleurer d'attendrissement sur son infortune, mais il se reprit à temps, décidé à réussir une sortie que les autres se rappelleraient.

— C'est bon... Adieu, les amis...

La conscience lourde, ils le suivirent des yeux. Il ouvrit la porte, se retourna comme pour les bénir puis s'enfonça dans la nuit ; mais il s'y enfonça en rampant car, ayant manqué la dernière marche, il s'affala de tout son long.

Werner se rendit directement chez Josef mais n'y trouva qu'Alicia qui refusa de le laisser entrer, le traitant d'assassin sans accepter d'entendre un mot d'explication. Ne sachant de quel côté diriger ses pas pour retrouver Josef et le tranquilliser, il gagna à son tour le café. Du seuil, il lança :

— Bonsoir à tous !

Il n'y eut pas d'écho.

— Vous n'avez pas vu Josef Brankowski ?

Quelqu'un se décida :

— Il y a un moment qu'il est reparti... Pourquoi ?

— Je le cherche.

Ils eurent le sentiment qu'ils entendaient l'arrêt de mort du fils d'Alicia.

A travers Zakopane endormi, Brankowski titubait. De l'ombre une question jaillit :

— Tas pas l'air bien d'aplomb, Josef ?

Le garçon s'accrocha à Spalek, le guide.

— Spalek... viens avec moi...

— Où ça ?

— J' sais pas.

— Je peux pas. Ma femme Halina m'attend et demain je pars de bonne heure... Tu devrais rentrer te coucher, Josef... M'est avis que t'es rudement soûl...

Brankowski hoqueta :

— T'es pas un frère, Spalek... Non, t'es pas un frère !... Que mon sang te retombe sur la tête !... Si je meurs cette nuit, t'iras embrasser ma pauvre vieille maman... de la part de son fils unique assassiné par les capitalistes !

Le guide hésita car Josef avait vraiment peur, mais Halina n'aurait peut-être pas compris cet élan de fraternité et il laissa partir le garçon dont il écouta un moment la marche cahotante qui s'éloignait en direction de la grand-route. Juste avant de rentrer chez lui, Spalek perçut l'écho d'un autre pas, mais assuré celui-là et qui arrivait sur lui. Il s'immobilisa, se collant contre le mur de sa maison. De l'obscurité, une silhouette haute et large se détacha. Werner... Le guide eut du mal à déglutir sa salive. Le Suisse était bien lancé sur les traces de Josef... Sûrement qu'il le rattraperait...

Halina dormait lorsque son mari se glissa dans le lit conjugal. Elle grogna :

— Tu aurais pu rentrer plus tôt...

— Halina... J'ai rencontré Josef Brankoswki...

Le ton de Spalek la surprit assez pour qu'elle se réveillât brusquement.

— Et alors ?

— ... Il marche avec sa mort !...

Ce ne fut que vers six heures du matin qu'Alicia Brankowska se convainquit qu'elle n'avait plus de fils. Josef n'était pas rentré et par Regina, la femme du cordonnier, elle savait que le Suisse, la veille, cherchait son garçon. Sans doute l'avait-il trouvé ?... Alicia sombra dans une douleur d'abord muette où se retrouvait l'éternelle résignation du peuple polonais. Mais, vers sept heures, elle n'y tint plus. Son désespoir s'affirmait trop grand pour elle. Il fallait qu'on l'aidât à le porter et, ayant soigneusement refermé sa porte à clé, elle se réfugia chez Maria, l'épicière, qui, tout de suite, mêla ses larmes aux siennes. Or, une épicière est en contact constant avec l'élément féminin de la rue, du quartier ou du village. Bientôt, le magasin regorgea de femmes qui, toutes, criaient vengeance et lorsque Cecilia, la quincaillière, proposa d'aller exiger des miliciens qu'ils arrêtassent immédiatement l'assassin de Josef, elle s'élancèrent d'un élan.

Le caporal Roman Laszka, le plus vieux des miliciens, fumait paisiblement sa pipe sur le seuil de la maison de la milice lorsque ses yeux s'arrondirent devant le spectacle qui s'offrait à lui. Au bout de la rue, une troupe de femmes pleine de cris s'avançait dans sa direction. Il secoua vigoureusement la tête pour bien se persuader qu'il n'était pas le jouet d'une hallucination. Mais non ! Et, déjà, il reconnaissait l'épouse du cordonnier et celle du quincaillier qui, en tête, soutenaient Alicia Brankowska. D'un bond — se rappelant les émeutes qui suivirent l'installation du nouveau régime — Laszka se dressa, repoussa sa chaise, mit sa jugulaire et se précipita à l'intérieur du poste pour y prendre sa mitraillette tandis qu'il appelait ses camarades à pleine voix, si bien que les femmes, en arrivant, se trouvèrent en présence d'un Laszka l'air mauvais, encadré de deux autres miliciens qui braquaient leurs armes sur elles. Irrésolues, elles s'arrêtèrent. Laszka en profita pour hurler :

— Et alors ? Qu'est-ce qu'il vous prend ?

Halina cria :

— On vient réclamer justice !

A ce moment, Wiktor Drabik, qu'on était allé chercher dans sa chambre apparut, finissant de boucler son ceinturon. En l'absence de Bogdan Malek, qui ne rentrerait qu'en début d'après-midi, il assumait les fonctions d'adjudant. Il se plaça devant les miliciens.

— Qu'est-ce qui vous arrive, les femmes ?

Poussée par ses compagnes, Alicia sortit du rang.

— Wiktor, il me l'a tué !

— Hein ?

— Mon garçon, mon fils unique, mon Josef ! Le Suisse, il l'a assassiné !

Ayant du mal à dissimuler sa joie d'une révélation lui promettant à la fois l'arrestation de son ennemi et la déchéance de l'adjudant, il interrogea :

— Vous êtes certaine, Alicia ?

— Certaine ? Tu oses demander à une mère si elle est certaine d'avoir perdu la chair de sa chair ? Depuis hier soir, le Suisse cherchait mon fils pour le tuer... et Josef est pas rentré...

Halina se rangea du côté d'Alicia pour annoncer :

— Mon mari les a rencontrés cette nuit ! Josef fuyait et le Suisse lui courait après... même que mon mari m'a réveillée pour me dire que Josef marchait avec sa mort !

Alicia poussa des gémissements terribles qui impressionnèrent Drabik. La quincaillière ne voulut pas être de reste :

— Le Suisse s'est adressé à mon homme pour lui demander où se tenait Josef... A lui aussi il a dit qu'il le cherchait !

Les plaintes de Mme Brankowska redoublèrent tout en montant dans l'aigu. Des chiens invisibles firent écho. D'autres femmes jurèrent que leurs époux, au café, avaient entendu Josef accuser le Suisse de vouloir l'assassiner. Il devenait donc urgent de prendre une décision pour calmer cette effervescence contraire à l'ordre. Le sergent étendit le bras et elles se turent :

— Citoyennes ! Rien n'arrêtera la justice du peuple !

Une rumeur de satisfaction parcourut le groupe des femmes.

— L'assassin paiera son forfait de sa tête, même s'il appartient à une nation capitaliste ! Même s'il jouit ici de protections que nous dénoncerons !

Elles l'acclamèrent.

— Mais pour procéder à une arrestation, il faut

des preuves matérielles... Je ne pourrai rien décider tant qu'on n'aura pas retrouvé le corps de Josef Brankowski... Nous allons le chercher ! Rentrez chez vous et ayez confiance dans notre volonté démocratique de châtier ceux qui veulent s'opposer à la marche en avant du prolétariat polonais !

Elles se retirèrent en se perdant dans des commentaires passionnés tandis que Wiktor Drabik lançait les cinq miliciens de la garnison de Zakopane à la découverte du cadavre. Les hommes partis, Drabik ferma à clé la porte du poste et commença son enquête personnelle.

Une visite à Fransiszek, le cafetier, le confirma dans sa conviction de la mort de Josef. Le patron du *Joyeux Luron* lui rapporta scrupuleusement la scène qui s'était déroulée dans son établissement sans omettre l'apparition tragique du Suisse assoiffé de sang. Spalek, interrogé à son tour, attesta les propos rapportés par sa femme. Dès lors, estimant que le doute n'était plus permis, Wiktor se rendit au chalet des Löwenberg.

En ouvrant à Wiktor, Grazyna s'écria :

— Encore toi ?

— Citoyenne, je vous prie de mesurer vos propos en vous adressant à un milicien dans l'exercice de ses fonctions... C'est bien ici que demeure le dénommé Aloïs Werner, de nationalité suisse ?

— Qu'est-ce qui te prend ?

— Veuillez me répondre, citoyenne, sinon je défère devant le tribunal pour non coopération dans une affaire criminelle.

— Tu recommences ?

— Pardon ! Je continue et j'attends votre réponse ?

— Il doit être dans sa chambre...

— Veuillez vous en assurer et, s'il y est, lui dire que je désire le voir.

— Bon...

Introduit dans le salon désert à cette heure, Drabik y fut bientôt rejoint par Werner.

— Vous avez à me parler, sergent ?

— Plutôt...

Reprenant son impassibilité officielle, il interrogea :

— Où est le corps ?

— Quoi ?

— Nier servirait à rien et si vous montrez de la bonne volonté, cela pourra être retenu en votre faveur.

— Je crains de ne pas comprendre ?

— Pas possible ?... Je vous demande où vous avez caché le corps de Josef Brankowski que vous avez assassiné ?

— Brankowski est mort ?

— Vous l'ignoriez ?

— Evidemment !

— La ficelle est un peu grosse. Des dizaines de témoins sont prêts à jurer qu'hier soir vous le cherchiez et l'un d'eux affirme que lorsqu'il vous a croisé, vous étiez sur ses traces. C'est pas vrai ?

— Oui et non.

— Expliquez-vous ?

— J'ai effectivement cherché Brankowski hier soir. Je suis allé chez lui, mais pour lui faire comprendre que je ne lui en voulais absolument pas et qu'il n'avait rien à craindre de ma part. J'ignorais que j'étais derrière lui et je ne l'ai pas rejoint.

— Vous n'en voulez plus à Brankowski, hein ?

— Plus du tout.

— Et pourquoi ?

— Parce que j'ai rendu sa parole à Mlle de Löwemberg.

— Tiens, tiens... et pour quelles raisons ?

— Parce que j'ai jugé que notre mariage serait une erreur.

— Et puis, peut-être, parce que vous aimez ailleurs ?

— Je ne saisis pas ?...

Drabik, qui se contenait difficilement éclata :

— Vous croyez que je ne suis pas au courant de ce que vous trafiquez avec Grazyna ?

— Je ne trafique rien du tout, et d'une ! Et même trafiquerais-je — comme vous le dites — que ça ne vous regarderait en rien, et de deux !

— On verra si Grazyna continuera à penser à vous lorsque vous serez en prison pour meurtre !

— Je n'y suis pas encore !

— Ça ne va pas tarder !

— Que vous dites !

— Que je dis, parfaitement ! Et dès que mes hommes auront retrouvé le cadavre, hop ! je vous enferme !

— En attendant, je vous serais obligé de me ficher la paix !

— Comptez sur moi ! Lorsque vous moisirez dans la cellule des condamnés à mort, je vous la ficherai, la paix ! Je vous interdis de quitter Zakopane sans solliciter ma permission. Si vous franchissez les limites du village, je vous arrête !

Convaincu que Werner irait se rendre compte si le cadavre de sa victime ne risquait pas d'être découvert — en vertu du vieil adage voulant que l'assassin retourne toujours sur les lieux du crime — Drabik décida de le pister. En sortant du chalet, il fureta et découvrit une cachette dans les branches d'un vieux saule d'où il pourrait voir sans être vu l'entrée du chalet. S'installant du mieux qu'il put, il goûtait le plaisir de surveiller les gens qui ne se doutaient pas de sa présence. Vers 11 heures, Feliksa sortit, un panier au bras. Le sergent sourit en pensant que si elle l'avait su là, la cuisinière aurait fait un détour. Mais au moment où elle passait sous le saule, Drabik, dépité, entendit la vieille femme dire tranquillement :

— Je te jure que t'as l'air fin dans ton perchoir, Wiktor ! C'est pas Dieu possible qu'à ton âge, tu sois encore si bête...

Et elle s'éloigna tandis que le milicien, vert de rage, se cramponnait aux branches pour ne pas tomber. Un peu plus tard, un gamin l'y découvrit et cria :

— Wiktor, je te vois !

— Fous le camp, sale gosse !

Le gosse décampa mais pour aller porter la nouvelle et, bientôt, sans avoir l'air de rien, les commères de Zakopane et tous ceux qui n'avaient pas d'occupation spéciale défilèrent sous le saule pour contempler Drabik perché comme un corbeau. Les femmes ne se livraient à aucun commentaire, jouant le jeu, feignant même de ne s'être aperçu de rien, mais les hommes montraient moins de discrétion. Fransiszek apporta même une bouteille de bière.

— Tu dois t'ennuyer là-haut, Wiktor ? Je t'ai amené de quoi boire...

Résigné, le milicien regagna la terre ferme. Le

cafetier lui tapa sur l'épaule amicalement et, avec un gros rire :

— T'as parfois de drôles d'idées, garçon !

Et, naturellement, c'est cet instant-là que Werner choisit pour quitter le chalet. Plantant là son ami, Drabik se jeta à sa poursuite.

Aloïs ne s'aperçut pas immédiatement de la filature dont il était l'objet. Perdu dans ses pensées, il ne prêtait guère attention au monde extérieur. Cette histoire de Brankowski tournait à la tragédie grotesque. Il se dirigeait vers les locaux de la Milice pour en parler avec l'adjudant Malek qui lui semblait un homme de bon sens.

De retour de Cracovie, Bogdan Malek trouva les locaux de la Milice fermés. Personne ne répondant à ses appels, il se demanda ce qui avait bien pu se produire. Désertion en masse ? Cataclysme requérant toutes les forces disponibles ? Emeutes exigeant la présence des miliciens ? Le malheureux envisageait les hypothèses les plus pessimistes qui, toutes, avaient pour corollaire la fin de sa carrière, lorsque Werner surgit à ses côtés.

— Ah ! Malek, je suis content de vous rencontrer...

— Moi aussi, Monsieur. Peut-être m'apprendrez-vous ce qui se passe ?

— Je suis venu pour cela.

Mais Aloïs n'eut pas le temps d'en dire davantage car Wiktor arrivait au pas de course.

— L'écoutez pas, chef ! Il est soupçonné de meurtre !

La présence de Drabik rassurait l'adjudant.

— Au lieu de recommencer à débiter des sornettes, sergent, rapportez-moi ce qui est arrivé et pourquoi tout est clos ici ? Où sont les hommes ?

— Ils cherchent le cadavre, chef.

— Le cadavre ?

Wiktor montra le Suisse :

— Le cadavre de M. Werner.

— Vous êtes ivre, Drabik ?

— Le cadavre dû à M. Werner qui a assassiné Josef Brankowski ainsi que j'avais eu l'honneur de vous le prédire !

L'adjudant sentit un frisson le secouer. Serait-il possible que cet imbécile de Wiktor ait eu raison et que le Suisse ait tué Josef ?

— Et où est-il ce cadavre ?

— Là où le crime a été commis.

— Où ?

— C'est ce que nous essayons de trouver...

Malek s'adressa au Suisse :

— Qu'avez-vous à dire ?

— Que le sergent devrait aller se faire soigner. Je n'ai tué personne.

Bogdan fut soulagé par cette dénégation.

— Encore un coup de votre façon, hein, Drabik ?

— C'est lui que vous croyez, chef, et pas moi ? Parce qu'il est Suisse !

— Parce qu'il est intelligent et que vous êtes un idiot !

Dans un grand bruit de ferraille, un gosse sauta d'une très ancienne bicyclette en criant :

— Wiktor ! Roman Laszka a trouvé Josef ! il a dit que tu viennes ?

Drabik se contenta de fixer son supérieur et remarqua d'un ton froid :

— Un idiot, n'est-ce pas ?

Evitant de répondre, Malek arrêta Pawel, le mécanicien, qui passait au volant de sa voiture, les réquisitionna, lui et son auto, fit monter le gosse porteur de la nouvelle, le sergent et Werner.

— Allez, petit, conduis-nous vers Laszka... Monsieur Werner, vous admettrez, je l'espère, que je ne puisse vous dispenser de nous accompagner ?

— Si cela vous rend service...

Ils roulèrent en silence, le gamin servant de guide. Ils quittèrent presque tout de suite la grand-route, filant au sud sur Cracovie, au nord sur la Tchécoslovaquie, pour s'engager dans un chemin étroit qui remontait le cours de la rivière. Durement secoué, Aloïs souhaitait la fin de ce supplice. Au bout d'une vingtaine de minutes, ils aperçurent trois bergers qui discutaient avec Roman Laszka. A peine la voiture arrêtée, Malek sauta à terre et courut au milicien :

— Alors, Laszka ?

— Il est là, derrière ces buissons... dans un fichu état...

Et l'adjudant, s'attendant à la vision d'un corps tordu pour l'éternité dans les affres d'une agonie cruelle, vit Josef assis sur le derrière, la chemise souillée de vin, le cheveu défait, la paupière lourde et qui promenait autour de lui le regard écœuré de l'ivrogne se réveillant dans un monde qu'il s'imaginait avoir abandonné pour toujours. Stupéfait, l'adjudant cria :

— Tu n'es donc pas mort ?

Brankowski le contempla avec des yeux vides de toute expression.

— Mort ? Non... mais malade... Oh ! malade...

Werner, Wiktor, Laszka, le gosse, les bergers rejoignirent Bogdan, qui, tout à la fois dégoûté et furieux, s'adressa au milicien :

— Qu'est-ce que cela signifie, Laszka ?

— Qu'il a pris une telle cuite, chef, qu'il lui a fallu la moitié de la nuit et toute la matinée pour la cuver !

— C'est bon, en route ! On rentre !

Penaud et inquet, Drabik s'installa à côté de Pawel qui le surveillait du coin de l'œil, un sourire moqueur aux lèvres. Le Suisse prit place près de Malek. Au moment de monter à son tour, Laszka, qui avait bon cœur, demanda :

— Et Josef ? On l'emmène, chef ?

— Non, ça le remettra d'aplomb de rentrer à pied ! Monsieur Werner, je vous présente mes excuses... mais il fallait que je sois certain que cette histoire ne rimait à rien... Nous vous reconduisons jusque chez vous. Drabik, vous rentrez avec moi pour me remettre votre démission.

— Ma démission ?

— Vous seriez bien avisé, Drabik, d'aller trouver Eugenius pour cette place de vacher dont je vous ai parlé...

CHAPITRE VIII

Le temps se gâtait sur Zakopane et les vieux connaissant les signes du ciel affirmaient que la journée ne se terminerait pas sans pluie. Mais l'orage grondait déjà au cœur de Wiktor Drabik anéanti par la décision prise à son encontre par Cracovie. Dépouillé de son uniforme, il ne serait plus rien... Il en aurait pleuré de rage et d'humiliation. Et tout ça à cause de ce maudit Suisse ! Quoi qu'il lui en pût coûter, il décida d'aller chez les Löwenberg et de leur présenter ses excuses avant de solliciter leur appui pour tenter d'infléchir la rigueur du Pouvoir à son endroit.

L'empereur Henri IV grimpant à pied dans la neige vers Canossa où l'attendait Grégoire VII, son adversaire triomphant, ne dut pas trouver sa route plus pénible que le sergent Drabik gagnant le chalet des Löwenberg. Il y fut reçu au salon par la comtesse, sa fille et son frère. Debout, affreusement emprunté, tournant sa casquette — la vieille — entre ses doigts, Wiktor déclara :

— On veut me casser parce que j'ai cru Brankowski assassiné et parce que j'ai dit que le meurtrier pourrait bien être M. Werner... Je me suis trompé ! Je le reconnais, et je vous fais mes excuses.

Jan, que le désarroi du milicien attendrissait, voulut l'aider :

— Ce genre de manifestation n'est sûrement pas dans le caractère de M. Werner... Il préfère des méthodes plus discrètes...

Sofia précisa, pour montrer qu'elle était au courant :

— C'est sans doute de cette pauvre Heidi que vous parlez, Jan ?

Hildegarde protesta :

— Maman, je vous en prie ! Cette histoire ne regarde pas Wiktor, voyons !

— Bon, bon, ma fille... Je souhaitais simplement rassurer le sergent en lui montrant qu'il était tout à fait normal de soupçonner Werner avec son lourd passé... Non ?

— Vous n'avez pas à vous substituer à la police !

Le cœur battant, ne songeant plus à solliciter un appui, Drabik écoutait ce dialogue, n'y comprenant pas grand-chose, mais soupçonnant peut-être que s'amorçait là la promesse d'une revanche. Habile, il n'insista pas et prit congé tout en se jurant de revenir au plus tôt bavarder avec la comtesse. Grazyna l'arrêta au moment où il s'apprêtait à ouvrir la porte donnant sur la rue.

— Wiktor... Feliksa aimerait te parler ?

— Je veux plus avoir le moindre rapport avec une ennemie du peuple !

— Tu refuses ?

— Et comment ! Désormais, tout est fini entre vous autres, les esclaves du capitalisme, et moi !

Mais il pensa tout d'un coup que s'il déférait au désir de la cuisinière, il obtiendrait la possibilité de rencontrer la comtesse dont il se faisait fort de tirer les vers du nez.

— C'est bon, Grazyna... En souvenir du temps d'autrefois, du temps où t'étais pas encore pervertie, je me rends à ta prière. Mène-moi auprès de Feliksa.

La cuisinière accueillit le milicien avec une de ces fausses amabilités que le plus sot n'eût pas manqué de deviner.

— Assieds-toi donc, Drabik. Tu prendras bien un verre de liqueur d'airelles ?

— A votre volonté, Feliksa.

On le servit, puis on s'installa en face de lui.

— C'est vrai ce qu'on raconte ? Josef a été retrouvé ?

— Oui.

— T'es venu l'annoncer ?

— Oui.

— Alors, t'as plus rien contre M. Werner ?

C'était donc ça ! Le milicien décida de jouer le jeu. Ah ! Feliksa le prenait pour un imbécile ? On allait voir ce qu'on allait voir !

— Rien du tout !... Et, au fond, je suis bien content... Si ! Si ! Je suis pas aussi mauvais que vous le dites, Feliksa... Moi, qu'est-ce que je désire, hein ? Qu'on arrête les coupables ! Mais en bon communiste, je souhaite pas que les innocents soient maltraités...

— De pareils sentiments t'honorent, Wiktor !

— Ils sont naturels chez nous autres, membres du Parti. Et, tenez, vous ne me croirez pas, mais j'éprouve presque des remords à son égard...

Feliksa le regarda d'un œil soupçonneux.

— Des remords ?

— Oui... Ça m'embête de l'avoir accusé à tort... et, pourtant, entre nous, tout à l'heure, au salon, ils m'ont pas paru tellement convaincus de son innocence malgré mes explications... Peut-être que j'ai pas su m'exprimer ? Mais Mlle Hildegarde, elle m'intimide... Elle a une manière de me regarder !.. Ça m'enlève tous mes moyens... C'est pas comme sa mère... Avec elle, je me sens à mon aise... Tenez, Feliksa, si ça peut vous être agréable, dites à Mme la comtesse que je l'attends au jardin... Je lui démontrerai tranquillement l'innocence de M. Werner.

Au salon, Jan, une fois de plus, reprochait à sa sœur de parler à tort et à travers, mais Hildegarde les interrompit de sa voix froide et incisive :

— Assez !... Vous vous chamaillez comme des enfants et vous perdez de vue l'essentiel : à savoir que Werner doit s'en aller bientôt. Or, s'il s'en va, il est bien évident que son premier soin sera d'annuler la police d'assurance prise en ma faveur...

— Alors ?

— Werner ne doit pas s'en aller !

— Mais... qui le retiendra ?

— La mort.

Eplorée, Sofia gémit :

— Il a la vie chevillée au corps, ce Suisse ! Tout ce qu'on a tenté a échoué... On dirait qu'il prévoit ce que nous essayons ?

— Parce que nos préparatifs sont trop visibles... Il importe d'agir plus discrètement...

Jan, ragaillardi par le sang-froid de sa nièce, reprit espoir :

— Tu as une idée ?

Hildegarde sourit :

— L'idée est plutôt de lui... le poison.

— Tu es folle ? Nous serions immédiatement accusés !

— Ecoutez-moi tous les deux... Tout à l'heure, oncle Jan, quand vous avez laissé entendre à Wiktor que Werner usait de méthodes moins tapageuses, vous lui avez mis la puce à l'oreille et mère, en parlant de cette Heidi, l'a nettement intéressé... Il m'étonnerait que Drabik n'essayât point d'en apprendre davantage. Alors, s'il vous questionne l'un ou l'autre, racontez-lui tout, mais habilement... laissez-vous arracher les confidences... Lorsqu'on saura que Werner a déjà un meurtre sur la conscience, un meurtre par empoisonnement, personne ne sera étonné qu'il ait voulu reprendre sa méthode en glissant du poison dans mon verre, par exemple ?

— Dans ton verre ?

— Pour se venger de mon infidélité...

D'un jet, Sofia se dressa :

— Tu acceptes de mourir ?

— Mais non, mère, rassurez-vous... Simplement, Werner se trompera de verre... ou bien, c'est la bonne qui aura mélangé les verres et, de cette façon, Aloïs deviendra sa propre victime. Chacun y verra une intervention du Ciel et nous serons, enfin, débarrassés de cet entêté. C'est nous qui préparerons l'apéritif ; ainsi pas d'erreur possible... Oncle Jan portera un toast et ce sera fini...

Feliksa entra pour avertir la comtesse que Wiktor Drabik demandait à l'entretenir en particulier et dans le jardin de préférence. Hildegarde eut un petit rire :

— Qu'est-ce que je vous disais ? Allez vite, maman, voir ce que vous veut ce brave représentant de la Milice de Zakopane...

Sofia sortit, non sans avoir lancé un regard admiratif à son extraordinaire fille qui prévoyait tout.

Lorsque Wiktor fut devant la comtesse, il la salua et s'excusa de la déranger, mais il avait une précision à lui demander.

— Je vous en prie, sergent... si je puis vous être de quelque utilité ?

— Tout à l'heure, madame, vous avez parlé d'une certaine Heidi ?...

— Ah ! mais c'est là un secret qui ne m'appartient pas !

— A qui appartient-il donc ?

— A M. Werner.

— Madame la comtesse, la justice du peuple ne peut pas admettre les secrets... Qui est cette Heidi ?

— Je ne sais vraiment si j'ai le droit de vous le confier...

— Non seulement le droit, mais le devoir !

— Si vous le prenez ainsi... Eh bien, Heidi était une jeune femme suisse.

— Qu'est-ce qu'elle est devenue ?

— Morte, je crois...

— Et... comment est-elle morte ?

— Ah ! non ! pas ça ! Je vous en supplie ! Ne me demandez pas ça !

— Il le faut !

— Je ne peux pas trahir Werner !

— M. Werner aurait-il donc quelque chose à voir avec la disparition de cette Suissessse ?

— Je ne sais pas...

— C'était une parente ?

— Une amie, plutôt... avec qui il a dû se brouiller plus ou moins...

— A ce qu'il paraît...

— Et... elle n'a pas survécu à cette rupture ?

— Oh ! étrange pour ceux qui ne sont pas au courant !

— Mais vous... vous êtes au courant ?

— Oui, mais je ne dirai rien. N'y comptez pas !

— C'est inutile, j'ai deviné. Werner a tué cette Heidi d'un coup de revolver ?

— Pas du tout ! D'ailleurs, mon frère Jan vous a dit qu'Aloïs n'était pas homme à user de moyens violents.

— Alors, quelle méthode a-t-il employée ?

— N'insistez pas, j'ai la bouche cousue !

— Tant pis... ce sera comme vous voudrez... Werner s'en tirera... Espérons simplement qu'il ne commettra pas un nouveau crime avant de partir, sinon vous en seriez responsable autant que lui.

Sofia parut frappée par cette remarque et Wiktor admira la simplicité de la bonne femme si facile à tromper.

— Vous... vous en êtes certain ?

— Tout ce qu'il y a de certain !

— Je ne voudrais pas avoir une mort sur la conscience... Je ne pourrais pas le supporter... Mais, vous ne répéterez pas que c'est moi qui...

— Nous ne divulguons jamais les noms de nos agents de renseignements.

— Il l'a empoisonnée !

Wiktor dut se raisonner pour ne pas danser de joie. C'était plus beau que tout ce qu'il avait espéré ! Malek le supplierait de lui pardonner d'avoir douté de ses capacités.

— Maintenant, Madame la comtesse, racontez-moi cette histoire en détails et d'abord de quelle façon vous l'avez apprise ?

Bodgan Malek s'entretenait avec le caporal Roman Laszka envers qui il nourrissait les sentiments les plus amicaux et qu'il comptait bien voir remplacer Drabik.

— Voyez-vous, Laszka, cet imbécile de Wiktor avec son acharnement contre Werner a brouillé toutes les pistes et nous a écartés du vrai problème. Oublions le Suisse et les fantasmagories de celui qui est encore sergent pour quelques heures. Examinons tranquillement les faits. Un balcon s'effondre et le bonhomme qui se trouvait dessus se tue. Accident ? Crime ? Le balcon était pourri. A-t-on précipité sa chute ? C'est possible, mais nous sommes incapables de le prouver. Au surplus, qui aurait pu vouloir la mort de ce Stanek, une canaille dont la disparition ne porte nullement préjudice à la Pologne, au contraire. Donc, la sagesse commande de passer la mort de Stanek sous silence. Par contre, le comte a été attaqué et en est mort. On s'est obnubilé à vouloir découvrir son agresseur alors qu'il eût été plus intelligent de chercher sur qui ou sur quoi le comte s'apprêtait à tirer lorsqu'il a été frappé ?

— Mais n'y avait-il pas une cible ?

— Si... seulement, on ne pratique pas le tir à la cible dans son jardin avec des chevrotines... De plus, le comte avait dans sa poche des cartouches ordinaires, normales pour ce genre de sport... Pourquoi ne les a-t-il pas utilisées ? Erreur de sa part ? Ou désir de faire croire à l'erreur ? Si nous découvrions qui il visait, nous trouverions peut-être du même coup qui l'a mis à mal. Enfin, qui a tendu le piège où Wiktor et Josef ont failli périr ? Qui pouvait en vouloir à ces deux-là au point d'essayer de les assassiner ?

— Personne.

— Exactement, Roman, personne... Alors ?

— Alors quoi, chef ?

— Alors, c'est qu'on voulait abattre quelqu'un d'autre et que ce quelqu'un a été devancé sur les lieux par nos deux imbéciles.

— Dans ce cas, pourquoi aurait-on tiré quand même sur Josef et Wiktor ?

— J'avoue que je ne comprends pas...

Un milicien entra pour apprendre à l'adjudant que Mlle de Löwenberg le priait de la recevoir. Malek, se demandant à quoi rimait cette visite, congédia ses subordonnés pour accueillir Hildegarde qui se présenta, élégante et jolie.

— Cher Bogdan, je suis venue vous annoncer que notre ami, Aloïs Werner, ne va pas tarder à nous quitter et afin de lui témoigner le regret que nous éprouvons à le voir partir, nous préparons pour ce soir un petit dîner un peu plus solennel que de coutume. Parce que vous vous êtes toujours montré son ardent défenseur, nous avons pensé que vous accepteriez de partager notre repas. Mes parents et moi-même en serions heureux. Je suis persuadée que, de son côté, M. Werner se montrera très satisfait de vous revoir avant de quitter Zakopane.

— Je viendrai avec plaisir, Mademoiselle. Remerciez vos parents de ma part, je vous prie.

— Je n'y manquerai pas.

Déjà, elle se levait, rieuse, et, au moment de sortir, précisa :

— Le repas est à 20 heures mais venez, s'il vous plaît, un peu plus tôt pour prendre la vodka de l'amitié ?

Il devait être écrit que jamais Malek comprendrait quoi que ce soit au comportement de la famille Löwenberg. Il ne pouvait deviner que l'amabilité d'Hildegarde cachait son dessein de transformer l'adjudant en témoin parfait, insoupçonnable, de la « mort accidentelle » d'Aloïs Werner. Pour plus de précautions, elle était résolue à inviter Wiktor en tant que témoin secondaire, mais on le ferait manger à la cuisine. Dans les prévisions de la jeune femme, Wiktor parlerait le premier de poison et elle espérait bien que ce serait encore lui qui suggérerait l'hypothèse d'une erreur de la part du mort.

Dès qu'il fut convaincu que la comtesse lui avait tout dit, Drabik fonça vers le local de la Milice, histoire de river son clou à Bogdan Malek qui s'imaginait déjà débarrassé de lui ! Il croisa Hildegarde à la hauteur de l'épicerie et se contenta de la saluer, mais elle l'arrêta :

— Wiktor, je sais que vous n'aimez pas M. Werner, mais il doit nous quitter incessamment... Je serais bien contente si, avant son départ, vous pouviez vous réconcilier avec lui... Voulez-vous venir dîner ce soir avec Feliksa et Grazyna ? Après le café, vous pourrez serrer la main de M. Werner avant qu'il ne monte se coucher ?...

Tout de bon, Drabik pensa que c'était son jour de veine. La belle innocence de Hildegarde s'imaginant qu'il allait se réconcilier avec Werner ! En guise de réconciliation, il se réservait de lui passer, le plus tôt possible, une jolie paire de menottes et de lui faire ensuite traverser Zakopane à pied pour que chacun puisse se rendre compte qu'on ne se moquait pas impunément du sergent Drabik. Il remercia Hildegarde avec un sourire en coin qui en disait long sur la piètre estime en laquelle il tenait les femmes du clan Löwenberg.

Wiktor, haletant, rouge d'émotion, se présenta devant l'adjudant Malek au moment où celui-ci redescendait de sa chambre après avoir revêtu son uniforme des grands jours.

— Chef ! Je me suis dépêché autant que j'ai pu...

— Pour m'apporter votre démission ?

— Ma démission ? Jamais de la vie !

— Alors, je vous mets à pied en attendant la décision de Cracovie où j'ai téléphoné les conséquences de votre dernière et brillante initiative qui a vidé Zapokane de ses miliciens pendant des heures...

— Vous me mettez à pied alors que je vous apporte la solution du problème Löwenberg ?

— Encore une de vos brillantes hypothèses, j'imagine ?

— Pas du tout ! Des faits !

— Des preuves ?

— La meilleure de toutes ! Les aveux du coupable !

— Hein ?

Légèrement déconcerté, Bogdan murmura :

— Allez-y...

— Naturellement, comme je m'obstine à vous le dire depuis le commencement, c'est Werner !

— Vous recommencez ?

— C'est un assassin !

— Foutez-moi le camp !

— Mais, chef, il l'a reconnu !

— Vous mentez !

En quelques mots, Drabik rapporta à Bogdan la scène d'ivresse au cours de laquelle Aloïs avait révélé son crime ancien à Jan Kotlowski. Dès l'instant que Jan devenait témoin, le problème changeait de face et Malek, déçu, affreusement embêté, sentait sa conviction touchant l'innocence du Suisse bien ébranlée.

— Ce coup-ci, chef, j'espère que vous êtes content ?

L'adjudant regarda son subordonné de telle façon qu'instinctivement Wiktor recula d'un pas. Il se raffermit, cependant, pour demander :

— On l'arrête ?

— Sur le propos d'un ivrogne ?

— C'est quand ils sont soûls que les hommes racontent ce qu'ils pensent vraiment... Il faut l'arrêter, chef !

— M. Werner est Suisse. Son arrestation — pour éviter des complications dont Cracovie ne nous aurait aucun gré — doit d'appuyer sur des données irréfutables. Je vais prier la direction de la Milice de se mettre en rapport avec Berne pour avoir des éclaircissements sur la victime... Au fait, qui est-ce ?

— Une jeune femme... Heidi.

— Heidi comment ?

— Je ne sais pas.

— Bon. Je remets votre démission jusqu'à plus ample informé. Vous pouvez disposer.

Sans le moindre entrain, Bogdan Malek prit son porte-plume pour rédiger le brouillon de la grave requête qu'il devait adresser à ses supérieurs en vue de renseignements auprès de la légation helvétique. Il peina. Montagnard de Zakopane, beaucoup plus doué pour la marche que pour les travaux d'écriture, l'adjudant éprouvait le vertige devant une feuille blanche. Après plusieurs tentatives sans résultat, il renonça et décida de remettre sa tâche à plus tard, quand il aurait eu un entretien avec Werner.

Deux heures avant le dîner qui devait voir le Suisse rayé du monde des vivants, Jan avoua à ses complices qu'il ne se sentait pas le courage d'assister au drame. Craignant de se trahir, il préférait aller chasser et ne rentrer que lorsque tout serait fini.

— Je mangerai un morceau dans ma cabane de Jaziek.

Sofia et sa fille le regardèrent avec un mépris non dissimulé. La comtesse attaqua la première :

— Vous êtes un lâche, Jan !

— Vous avez peut-être raison, ma chère, mais je n'y peux rien.

Sofia s'emportait quand Hildegarde l'apaisa.

— Nous n'avons pas besoin de lui, mère. Au contraire, il pourrait donner l'éveil à Werner... Qu'il s'en aille chasser, nous l'excuserons auprès de nos hôtes.

Jan profita immédiatement de cette permission et s'en fut se harnacher de pied en cape. Comme il quittait le chalet, il se heurta à Werner qui marqua sa surprise :

— Vous chassez à cette heure-ci ?

— Excusez-moi, je ne me sens pas bien... en tout cas, pas en état de prendre part au dîner... Je viendrai vous saluer, avec votre permission, dans votre chambre, à mon retour.

Intrigué, Werner s'interrogeait sur la signification de ce départ ressemblant à une fuite, lorsque Bogdan Malek, en l'abordant, l'empêcha de réfléchir plus avant.

— Monsieur Werner, je suis très heureux de vous rencontrer. Je me proposais, en effet, de vous voir en particulier pour vous poser quelques questions... délicates.

— A moi ?... Eh bien ! mais... posez-les.

— Naturellement, vous n'êtes pas obligé d'y répondre, du moins pour l'instant.

— Diable ! Voilà un grave préambule ?

— Monsieur Werner, consentiriez-vous à me dire qui était Heidi ?

— Heidi ?

— Une de vos compatriotes ?...

— Franchement, non, je ne connais personne portant ce prénom...

— Refléchissez bien, monsieur Werner... Cette Heidi, vous ne l'avez pas, vous ne pouvez pas l'avoir oubliée...

— Pourquoi ?

— Parce que vous l'avez tuée.

— J'ai tué quelqu'un, moi ?

— Je peux même vous révéler comment vous l'avez assassinée, monsieur Werner.... Vous l'avez empoisonnée !

— J'ai empoisonné une Heidi ? Mais, enfin, Malek, d'où tenez-vous cette absurdité ?

— D'une personne digne de foi.

— Eh bien ! cette personne digne de foi à menti ! Qui est-ce ?

— Vous.

— Vous vous moquez de moi ?

— Non pas, monsieur Werner. C'est bien vous qui, au cours d'un moment d'ivresse, avez avoué votre meurtre ancien à Jan Kotlowski ?

Du coup, la lumière se fit dans l'esprit d'Aloïs qui éclata de rire sous le regard étonné de l'adjudant.

— Malek, je vous dois des excuses... Je me souviens maintenant... Kotlowski a raison... J'ai bien tué Heidi...

— Vous vous rendez compte que c'est là un aveu grave, monsieur Werner ?

— Je devais avoir seize ans... J'aimais Heidi comme on aime à cet âge-là... Je n'ai pas pu supporter qu'elle me trahisse, qu'elle me préférât notre voisin... Un garçon fort sympathique, d'ailleurs, et qui avait su s'y prendre pour l'attirer chez lui... C'est bien simple, elle finissait par y passer la journée entière. D'habitude, le soir, elle me rejoignait dans ma chambre... Et puis, une nuit, elle n'est pas venue... Le lendemain, je me suis levé de bonne heure et je l'ai vue sortir de la demeure de celui qu'elle me préférait... La colère m'a empoigné... Je suis allé acheter de la mort-aux-rats... Je l'ai mêlée à sa nourriture... Elle est morte sous mes yeux... dans mes bras... Pauvre Heidi !... J'en ai été malade pendant des mois... Personne n'a deviné le drame... et j'ai vécu avec un remords qui, vous le voyez, me taraude encore à vingt-cinq ans de distance...

— Il y a de quoi ! Et la police ne s'est pas émue de cette mort ?

— Pour quoi faire ? Heidi était une chienne que j'avais élevée... Une épagneule breton...

En dépit de la pluie qui, maintenant, tombait drue, Bogdan Malek avait laissé Werner rentrer seul au chalet des Löwenberg. Puis, il téléphona à Cracovie pour signaler la dernière stupidité du sergent Drabik qui, d'un peu plus, déclenchait une incroyable affaire d'enquête internationale pour le meurtre d'une chienne commis un quart de siècle plus tôt. La réponse vint, immédiate (on ne plaisante pas en démocratie populaire avec les fonctionnaires dont les agissements risquent de porter atteinte au crédit de l'Etat) et ordre fut donné à l'adjudant d'avertir Wiktor Drabik qu'il ne faisait plus partie de la Milice. Une lettre officielle suivait.

Ayant mis de nouveau des espadrilles, Werner avait erré à travers le chalet, épiant les uns et les autres. L'arrivée de Wiktor le surprit, surtout quand il sut le milicien invité par Hildegarde. Il y avait là quelque chose d'anormal. Il résolut d'abandonner tous les autres pour surveiller la seule Hildegarde et s'attacha à ne point la perdre de vue. Un quart d'heure avant le dîner, il la suivit dans le jardin où elle gagna — en prenant soin de ne pas être vue — une resserre à outils et en ressortit presque aussitôt tenant quelque chose dans la main que Werner crut être un flacon. L'un derrière l'autre, Hildegarde et Aloïs réintégrèrent la salle basse du chalet où Grazyna avait mis le couvert. Le Suisse remarqua immédiatement que les verres avaient été remplis. Chaque couvert occupait un des côtés de la table. Pendant que Werner se demandait pourquoi Grazyna avait empli les verres au mépris de tout savoir-vivre, il vit Hildegarde verser un peu du contenu du flacon rapporté du jardin dans un verre et, délivré, il sut que Mlle de Löwenberg avait décidé de l'empoisonner et que Jan Kotlowski, au courant, était parti pour ne pas assister à sa mort.

Hildegarde, ayant quitté la pièce, Aloïs y pénétra et, à travers son mouchoir, prit le verre mis à sa place et l'échangea avec celui d'Hildegarde, toujours assise à sa droite. En remontant dans sa chambre, l'agent du M. I. 5 souriait : ceux qu'il était chargé d'éliminer lui fournissaient les armes pour les abattre.

Ni Feliksa, ni Grazyna n'adressaient la parole à Wiktor qui, installé dans la cuisine, souriait de la mauvaise humeur des deux femmes. Visiblement, elles supportaient mal la présence imposée du milicien pour des fins que la cuisinière ne devinait pas. Drabik avait posé sa casquette sur un tabouret. Il fumait tranquillement, attendant qu'on veuille bien le prier de se mettre à table, Feliksa l'interpella rudement :

— Si tu avais des manières, Wiktor, tu saurais qu'on fume pas dans une cuisine à moins d'en solliciter la permission...

Il ricana :

— J'ai de permission à solliciter de personne pour agir comme il me plaît, Feliksa, et quelque chose me dit que d'ici peu, il va falloir en rabattre de votre caquet !

— En attendant, tiens-toi correctement ou je te jette dehors !

— Bon, bon... Vous énervez pas, Feliksa, vous risqueriez de râter votre sauce... et je tiens pas à gâcher le dernier repas de votre cher ami Werner !

— Il a pas besoin de moi pour bien manger...

— Là où il ira, le menu est des plus simples et convient mal aux gourmets...

— Tu recommences ?

— Je continue, ma chère ! Quand Wiktor Drabik est sur une piste, il la lâche pas facilement...

— Tu me fais rire, tiens !

— Eh bien ! riez, vous en avez plus pour tellement longtemps !

Bien qu'elles prissent soin de le dissimuler, les deux femmes se sentaient inquiètes. La venue de Wiktor, invité par Hildegarde, leur indiquait qu'il allait se passer quelque chose. Exaspérées elles se demandaient ce qu'on racontait au salon.

Sofia tremblait d'énervement. Elle mettait cette fébrilité sur le compte de l'orage transformant les rues de Zakopane en torrents, mais elle ne parvenait pas à se duper entièrement. Les nerfs tendus, elle guettait l'instant où sonnerait l'heure qui marquerait la mort d'Aloïs Werner. Pour ne pas risquer de donner l'éveil, elle se forçait à ne pas regarder le verre du Suisse où sa fille avait versé le poison. Le temps lui durait que Bogdan Malek fit son entrée pour en terminer. Aloïs parlait de la Suisse et Hildegarde lui donnait la réplique avec un sang-froid que sa mère lui enviait. Enfin, l'adjudant fut introduit par Grazyna. On l'accueillit avec amabilité et, les salutations échangées, on passa tout de suite à table où, sitôt assise, d'une main qui tremblait un peu, Sofia prit son verre et le leva :

— Si vous le voulez bien, je porterai un toast à la santé de notre hôte qui est sur le moment de nous quitter, en souhaitant qu'il ne garde pas un trop mauvais souvenir de Zakopane et de nous !

Donnant l'exemple, la comtesse vida son verre d'un trait et les autres l'imitèrent. Sofia regardait avec des yeux exorbités Werner, attendant sa chute, mais ce fut Hildegarde qui poussa un gémissement rauque en portant la main à sa poitrine. Elle fixa le Suisse qui lui sourit et elle comprit qu'il venait de la prendre à son propre piège. Elle voulut parler, mais aucun son ne sortit de sa bouche contractée et, l'écume aux lèvres, elle s'écroula, la tête en avant, dans son assiette. Malek et Sofia ne réagirent pas immédiatement, trop surpris par l'événement. Sofia, paralysée, se croyait la proie d'un cauchemar et l'adjudant ne paraissait pas réaliser davantage ce qui se passait. Werner appela Grazyna pour l'envoyer chercher le docteur et requit l'aide de Malek pour porter Hildegarde sur le divan.

Lorsque Janus Floreszak, le docteur, arriva, Mlle de Löwenberg avait cessé de vivre. Le médecin, après s'être fait expliquer le drame, regarda les pupilles de la morte, flaira sa bouche, puis se redressant, déclara :

— Je suis heureux que vous soyez là, Malek... car j'ai la certitude que Mlle Hildegarde a été empoisonnée... Elle a même dû avaler une sacrée dose d'arsenic...

Wiktor, qui venait de se glisser dans la pièce à la suite du médecin, lança :

— Comme Heidi, n'est-ce pas, monsieur Werner ?

Puis, apostrophant l'adjudant :

— Vous êtes convaincu à présent, chef ?

— Que vous êtes un imbécile ? Sans aucun doute, Drabik. J'ai le plaisir de vous annoncer que sur ordre de Cracovie, vous êtes chassé de la Milice. Sortez de cette pièce et allez rendre votre uniforme.

— Mais, chef...

— Sortez !

Wiktor quitta la pièce, la tête basse, rêvant de revanches impossibles car si Cracovie en avait ainsi décidé, il ne subsistait aucun espoir. Amer, il estimait que les représentants du peuple se laissaient encore berner par les capitalistes et leurs amis. La révolution serait toujours à recommencer.

Hébétée, Sofia paraissait ne pas être présente. Elle ne cessait de redire :

— Ce n'est pas possible... Ce n'est pas possible...

L'adjudant parla sèchement :

— Hildegarde von Löwenberg est morte empoisonnée. Un crime a donc été perpétré devant nous... Je ne quitterai pas cette maison sans avoir démasqué le coupable.

Alors, le visage crispé, Sofia s'avança, furieuse :

— Qui a changé les verres ? Le poison se trouvait

dans celui de Werner. Pourquoi est-ce ma fille qui l'a bu ?

Malek sursauta :

— Qu'est-ce que vous racontez ?

— Je veux savoir qui a changé les verres et tué ma fille !...

— Le poison était dans le verre de M. Werner ?

— Oui... pas dans celui d'Hildegarde.

— Qui l'y avait mis ?

— Moi.

Bogdan Malek hésita un peu devant une pareille révélation, puis, se reprenant, demanda d'une voix grave :

— Sofia von Löwenberg, voulez-vous dire que vous reconnaissez avoir voulu empoissonner Aloïs Werner ici présent ?

— Maintenant que ma fille est morte, plus rien n'a d'importance... Mais on aurait dû se méfier... Je les ai prévenus pourtant que ce Suisse était protégé... Il a échappé à tout... Aussi bien au fusil de Gunther qu'au piège de Tadeus et à celui de Jan... Il n'y avait rien à faire... Il est protégé et le ciel nous a punis...

— Et pourquoi ces actes criminels ?

Alors, elle raconta toute l'histoire, leur pauvreté, le désir de sa fille de fuir la Pologne en compagnie de Josef et avec l'argent de Werner grâce à la police d'assurance. Elle expliqua encore toutes les manœuvres tentées, comment son mari engagea Tadeus Stanek, le coup du balcon, de l'embuscade de Gunther, du piège monté par Kotlowski et, enfin, le poison proposé par Hildegarde.

L'adjudant regarda cette vieille femme qui venait de faire de si terribles aveux, puis il dit :

— Vous pouvez prier pour votre fille et pour vous-même, Sofia von Löwenberg, en attendant le retour de votre frère...

Kotlowski aimait sa cabane de chasse qui surplombait Zakopane. Depuis le temps qu'il y venait, il y avait fait amitié avec une fouine qui accourait — comme pour le saluer — chaque fois que Jan s'installait dans son refuge. Quand il en avait refermé la porte, lui, l'hôte éternel, le parasite, se sentait chez lui. Il sursauta en voyant entrer un homme, mais sa stupéfaction fut sans borne en reconnaissant le Suisse qui fort courtoisement lui demandait :

— Cela vous surprend, n'est-ce pas ?

— Mais... mais non...

— Mais si ! Je devrais être mort... mais c'est votre nièce qui a bu le poison.

— Hildegarde ?... mais... mais pourquoi ?

— Parce que j'avais échangé mon verre contre le sien sans qu'elle s'en doute.

— Ah ?

Fataliste, Jan comprenait que tout était perdu. Avec Hildegarde disparaissait son ultime espoir d'une vieillesse à l'abri du besoin. La fouine s'était réfugiée dans un coin.

— Vous saviez donc ?

— Bien sûr... C'est moi qui ai tué Stanek et qui vous ai fait tirer — sans m'en rendre compte, du reste — sur Brankowski.

— Gunther... vous aussi ?

— Non et je le regrette.

— Vous le regrettez ?

— Parce que j'étais venu ici pour le tuer ainsi

que sa fille et vous-même. Je vais vous abattre, Jan Kotlowski.

Le Polonais n'avait plus envie de lutter.

— Cette histoire d'assurance... un piège ?

— Evidemment.

— Vous êtes donc arrivé à Cracovie pour nous tuer ?

— Uniquement.

— Et pour quelles raisons ? Je ne pense pas que nous ayons jamais eu affaire à vous ?

— Non, mais à mes camarades.

— Vos camarades ?

— John Plinket, Peter Labough, William Pearce...

Jan pâlit :

— Je comprends... vous n'êtes pas suisse ?

— Roy Farmouth, agent du M. I. 5 britannique.

Il y eut un silence, puis Kotlowski reprit :

— Qu'est devenue Sofia ?

— Elle prie au chevet de sa fille et Bogdan Malek vous attend pour vous emmener avec elle à Cracovie.

— Mais vous ne me laisserez pas redescendre à Zakopane...

— Sûrement pas...

— Je n'ai, d'ailleurs, pas envie d'y redescendre. Voulez-vous me laisser seul un instant ? Il y a des choses qu'on aime mieux faire sans témoin...

Roy regarda Kotlowski dans les yeux et devina que Jan était redevenu, pour quelques minutes, celui qu'il avait dû être bien des années plus tôt.

— Je vous fais confiance... Adieu, Kotlowski.

— Adieu, Monsieur.

Farmouth n'avait pas couvert une dizaine de mètres que le coup de feu éclata. Il revint lentement sur ses pas, entra de nouveau dans la cabane. Jan s'était mis le canon de son fusil dans la bouche. Roy ne comprit pas pourquoi, avant de mourir, Kotlowski avait tué la fouine.

CHAPITRE IX

Contrairement à l'attente générale, un soleil éclatant brillait le lendemain matin dans un ciel sans nuage et les gens de Zakopane, heureux, se montraient d'une gaieté inhabituelle. Cédant à une euphorie générale, Pawel actionna vigoureusement le klaxon de sa voiture, ce qui eut pour effet d'attirer aussitôt Feliksa sur le seuil.

— Et alors, Pawel, qu'est-ce qui te prend ?

— Je signale au monsieur suisse que je suis là !

— Tu ne sais pas qu'il y a une morte dans la maison ?

— Pardon, Feliksa, mais... j'y pensais plus...

— C'est normal... les morts, on s'en soucie guère...

Laissant le transporteur rempli de confusion, la cuisinière rentra dans le chalet et faillit se heurter au Suisse qui sortait avec ses valises.

— Je m'en vais, Feliksa... Tenez, acceptez ça pour vos bons services...

Il lui tendit un billet de cinquante zlotys. Elle voulut refuser mais il insista et fourra le billet dans la poche de son tablier.

— Merci encore, Feliksa, pour tous vos soins... Où est Grazyna ? J'aimerais lui dire adieu...

— Elle doit être dans sa chambre.

— Ne pourrait-on la prévenir ?

La cuisinière hésita puis, se décidant :

— Vaudrait mieux pas...

— Pourquoi ?

— Parce que... enfin, parce qu'elle s'est enfermée et qu'elle pleure...

— Qu'a-t-elle ?

— Oh ! vous savez... à son âge, on se monte facilement la tête. On croit qu'on guérira jamais... Mais on guérit toujours... C'est préférable que Monsieur parte sans lui parler... Elle sera placée devant le fait accompli... Elle oubliera...

— Je regrette bien de partir sans la revoir...

— Je lui expliquerai et elle comprendra... Elle n'est pas sotte.

— Vous lui remettrez ceci de ma part.

La cuisinière prit un second billet.

— ... et vous l'embrasserez pour moi, n'est-ce pas ?

— J'y manquerai pas.

La vieille femme l'aida à entasser ses bagages dans l'auto et elle resta sur le seuil jusqu'à ce que la voiture ait disparu.

En roulant vers Cracovie, Roy pensait à cette petite Grazyna. L'aimait-elle vraiment ? Il se vit rentrant à Londres, sa dernière mission terminée. Harry Crocet le lui avait annoncé : il serait retiré du service actif. Alors, que ferait-il ? Le club ne suffit pas à remplir une vie. Grazyna serait sans doute une bonne compagne. Rien ne l'empêcherait de l'épouser à la légation suisse. On remettrait les choses au point en arrivant en Angleterre. Mais

Farmouth se secoua : il n'était plus d'âge à susciter des passions. La Polonaise était trop jeune pour lui. Mieux valait n'y plus penser.

Grazyna pleurait dans la cuisine tout en épluchant des carottes. Feliksa ne disait rien. Elle estimait que la petite devait pleurer un bon coup ; après ça irait mieux. Elle se ferait une raison. Elle alla ouvrir aux religieuses venant relayer Sofia au chevet de la morte. La cuisinière regarda partir la comtesse entre les miliciens. Elle en eut le cœur serré.

— Il nous reste plus qu'à faire nos paquets, Grazyna, et à rentrer à Cracovie... Où vas-tu loger ?

— Je sais pas.

— Tu habiteras chez moi en attendant de trouver du travail. J'ai gardé ma chambre de la rue Szewska. C'est pas grand, mais on s'arrangera.

Le bruit d'une voiture s'arrêtant devant la porte la fit grommeler :

— Qu'est-ce que c'est encore ? On nous laissera donc pas tranquilles ce matin ?

On frappa. Grazyna voulut se lever. Feliksa, d'un geste, l'obligea à demeurer sur place.

— T'es pas en état de te montrer...

En voyant le Suisse, la cuisinière ne sut que dire :

— Vous avez oublié quelque chose ?

— Ou est Grazyna ?

— Dans la cuisine.

Sans en écouter davantage, il se précipita, suivi de Feliksa. La jeune Polonaise pâlit en le voyant pénétrer dans la pièce. Il s'approcha d'elle et lui prit la main :

— C'est vrai que tu m'aimes, Grazyna ?

Pour toute réponse, elle fondit en larmes.

— Ce n'est pas seulement parce que je suis suisse que tu...

— Vous seriez chinois, ça serait la même chose !

— Ecoute-moi... je ne suis plus jeune...

— Ça fait rien !

— Je crois bien que je t'aime aussi, mon petit.

Elle joignit les mains, transfigurée.

— Veux-tu que nous nous mariions ?

— Oh ! oui !

Méfiante, Feliksa se glissa dans le duo.

— C'est bien vrai que vous la prendrez pour femme ?

— Nous nous marierons à Cracovie, et puis nous rentrerons dans mon pays.

La vieille femme le regarda dans les yeux et lentement dit :

— J'ai confiance.

Puis, changeant de ton, elle se tourna vers Grazyna et, faussement bourrue, lui lança :

— Et alors ? Qu'est-ce que t'attends ?

La jeune fille se jeta dans les bras de Farmouth.

Au moment de partir en compagnie de l'homme qu'elle aimait, Grazyna eut un remords.

— Et toi, Feliksa ?

Farmouth proposa :

— Venez avec nous, Feliksa. Grazyna aura besoin de vous.

La cuisinière secoua la tête :

Je vous remercie tous les deux mais je suis trop âgée pour quitter la Pologne. Il faut qu'il en reste au vieux pays pour apprendre aux jeunes comment c'était avant, du temps où nous étions un peuple libre...

La voiture descendait vers la plaine, en direction de Nowy Targ. A l'autre bout de l'horizon, un long troupeau de vaches montait vers les pâturages qui dominent la frontière tchéco-polonaise. Eugenius, qui fermait la marche derrière le mulet portant le nécessaire pour la cuisine et le couchage, confiait à son compagnon :

— Vois-tu, Wiktor, t'auras plus d'uniforme, d'accord, mais t'auras plus à obéir... Tu crois pas que tu gagnes au change ?

En fin de journée, Bogdan Malek revint au chalet en compagnie d'Andrei Potocki et du menuisier apportant le cercueil. Tandis que le prêtre montait auprès de la dépouille d'Hildegarde pour la bénir, l'adjudant se rendit à la cuisine où il trouva Feliksa assise sur une chaise, les mains croisées dans son giron.

— Ça ne va pas ?

— Grazyna est partie...

Elle raconta à Bogdan la belle aventure de sa protégée.

— Je suis contente pour elle, mais c'est dur d'être seule...

— Oui... cette maison si pleine et tout d'un coup si vide...

— Je m'en irai demain... Je n'ai plus rien à faire ici... ni vous non plus, Bogdan.

— Non, bien sûr, puisque les coupables sont morts et la comtesse sous les verrous... Pourtant, j'aurais bien voulu savoir qui a tué le comte...

— Et ça vous avancera à quoi ?

— A rien du point de vue de la loi puisque Gunther von Löwenberg est mort au moment où il s'apprêtait à assassiner son hôte.

Ils se turent, plongés dans leurs pensées, puis Bogdan demanda doucement :

— Pourquoi avez-vous fait ça, Feliksa ?

La vieille femme ne protesta pas. Elle se contenta de hausser les épaules avec lassitude :

— Je pouvais pas le laisser assassiner cet homme... L'histoire du balcon m'avait mis la puce à l'oreille et j'ai vu les préparatifs du comte par la fenêtre du grenier. Je suis lourde mais je sais marcher légèrement. Je l'ai frappé par-derrière. Trop fort. Il a pas vu venir la mort.

Rentrant chez lui, Bogdan trouvait que le soir avait une douceur particulière. Le beau temps était revenu à Zakopane. Il savait que tant que des femmes comme Feliksa Otchokowa vivraient, la vieille Pologne vivrait aussi. Mais, après ?...

FIN

Les Maîtres du Roman Policier

Première des collections policières en France, Le Masque se devait de rééditer les écrivains qu'il a lancés et qui ont fait sa gloire.

ANDREOTA Paul
1935 La pieuvre
1975 Zigzags

ARMSTRONG Anthony
1859 Dix minutes d'alibi

BERKELEY Anthony
1880 Une erreur judiciaire
1911 Le gibet imprévu
2008 Sans remords *(mai 90)*

BIGGERS Earl Derr
1730 Le perroquet chinois

BOILEAU Pierre
252 Le repos de Bacchus
(Prix du Roman d'Aventures 1938)
1938 La pierre qui tremble

BOILEAU-NARCEJAC
1748 L'ombre et la proie
1829 Le second visage d'Arsène Lupin
1868 La poudrière
1889 La justice d'Arsène Lupin

BONETT J. & E.
1916 Mort d'un lion

BRUCE Leo
261 Trois détectives
1788 Sang-froid

CARR John Dickson
719 Passe-passe
1274 Impossible n'est pas anglais
1843 Les yeux en bandoulière
1863 La maison du bourreau
1876 La mort en pantalon rouge
1891 Le naufragé du Titanic
1906 Meurtre après la pluie
1910 La maison de la terreur
1926 Patrick Butler à la barre
1946 La police est invitée
1950 Mort dans l'ascenseur
1954 Les meurtres de Bowstring
1957 Le retour de Bencolin
1960 Le meurtre des mille et une nuits
1968 Eh bien, tuez maintenant !
1973 A réveiller les morts
1976 Arsenic et boutons de manchette
1979 Lune sombre
1986 La chambre ardente
1991 Hier, vous tuerez *(fév. 90)*
2001 Capitaine Coupe-gorge *(mars 90)*
2005 Le mort frappe à la porte *(avril 90)*
2007 Il n'aurait pas tué patience *(mai 90)*
2012 Celui qui murmure *(juin 90)*

CRISPIN Edmund
1839 Un corbillard chasse l'autre
1935 Prélude et mort d'Isolde

DARTOIS Yves
232 L'horoscope du mort

DIDELOT Francis
1784 Le coq en pâte

DISNEY Doris Miles
1811 Imposture

DUCHATEAU A.P.
1984 La 139e victime

ELLIN Stanley
1670 Le compagnon du fou
1682 La puce de Beidenbauer
1702 La douzième statue
1729 La dernière bouteille

FAIR A.A.
1745 Bousculez pas le magot
1751 Quitte ou double
1770 Des yeux de chouette
1905 Le doigt dans l'œil
1913 Les souris dansent
1941 L'heure hache

1990 Des perles aux corbeaux *(fév. 90)*
2013 Une belle jambe *(juin 90)*

FAST Julius
1901 Crime en blanc

GARDNER Erle Stanley
1797 La femme au masque

GASPAR José da Natividade
457 Les corps sans âme
597 Congrès gastronomique

GERRARD Paul
1945 La chasse au dahu
1964 La javanaise
1985 Les incandescentes
2003 Le masque de verre *(avril 90)*

GOODIS David
1823 La police est accusée

GRAFTON C.W.
1927 Feu mon beau-frère

HALL G. Holliday
1892 L'homme de nulle part

HEYER Georgette
297 Pourquoi tuer un maître d'hôtel?

IRISH William
1875 Divorce à l'américaine
1897 New York blues

JEFFERS H. Paul
1807 Irrégulier, mon cher Morgan

KASSAK Fred
1932 On n'enterre pas le dimanche
1943 Nocturne pour assassin
1981 Une chaumière et un meurtre
2004 Plus amer que la mort *(avril 90)*

KASTNER Erich
277 La miniature volée

LEBLANC Maurice
1808 Arsène Lupin, gentleman cambrioleur

LEBRUN Michel
1759 Plus mort que vif
1970 Un revolver, c'est comme un portefeuille
1993 Les ogres *(fév. 90)*

LOVESEY Peter
1201 Le vingt-sixième round
1798 La course ou la vie
1803 Le bourreau prend la pose
1869 Bouchers, vandales et compagnie
1888 Ô, mes aïeux!

MILNE A.A.
1527 Le mystère de la maison rouge

NARCEJAC Thomas
355 La mort est du voyage *(Prix du Roman d'Aventures 1948)*
1939 Le mauvais cheval

PALMER Stuart
1783 Hollywood-sur-meurtre

QUENTIN Patrick
251 L'assassin est à bord
1860 Lettre exprès pour miss Grace
1947 La mort fait l'appel

SAYERS Dorothy L.
174 Lord Peter et l'autre
191 Lord Peter et le Bellona Club

SÉCHAN O. et MASLOWSKI I.
395 Vous qui n'avez jamais été tués *(Prix du Roman d'Aventures 1951)*

SINIAC Pierre
1949 Des amis dans la police
1983 Sombres soirées chez Mme Glauque

STAGGE Jonathan
1736 Chansonnette funèbre
1789 Du sang sur les étoiles
1809 La mort et les chères petites
1818 Le taxi jaune
1833 Pas de pitié pour la divine Daphné

STEEMAN Stanislas-André
84 Six hommes morts (Le dernier des six) *(Prix du Roman d'Aventures 1931)*
95 La nuit du 12 au 13
101 Le mannequin assassiné
113 Un dans trois
284 L'assassin habite au 21
305 L'ennemi sans visage
388 Crimes à vendre
1772 Quai des Orfèvres (Légitime défense)
1854 Le trajet de la foudre
1864 Le condamné meurt à 5 heures
1902 Le démon de Sainte-Croix
1955 Madame la mort
1980 Dix-huit fantômes (Dortoir des grandes)
2006 La maison des veilles *(avril 90)*

LE MASQUE

AMELIN Michel
1952 Les jardins du casino
(Prix du Festival de Cognac 1989)

BACHELLERIE
1791 L'île aux muettes
(Prix du roman d'Aventures 1985)
1795 Pas de quoi noyer un chat
(Prix du Festival de Cognac 1985)
1796 Il court, il court, le cadavre
1800 La rue des Bons-Apôtres

BRETT Simon
1787 Le théâtre du crime
1813 Les coulisses de la mort
1972 Les gens de Smithy's

BURLEY W.J.
1762 On vous mène en bateau

CHRISTIE Agatha
(86 titres parus, voir catalogue général)

COLLINS Max Allan
1966 Un week-end tuant

EXBRAYAT
(96 titres parus, voir catalogue général)

GRISOLIA Michel
1846 L'homme aux yeux tristes
1847 La madone noire
1874 La promenade des anglaises
1890 650 calories pour mourir
1930 Question de bruit ou de mort

HALTER Paul
1878 La quatrième porte
(Prix du Festival de Cognac 1987)
1922 Le brouillard rouge
(Prix du roman d'Aventures 1988)
1931 La mort vous invite
1967 La mort derrière les rideaux
2002 La chambre du fou *(mars 90)*

HAUSER Thomas
1853 Agathe et ses hommes

JONES Cleo
1879 Les saints ne sont pas des anges

LECAYE Alexis
1963 Un week-end à tuer

SALVA Pierre
1739 Quand le diable ricane
1828 Le diable au paradis perdu

TAYLOR Elizabeth A.
1810 Funiculaire pour la morgue

TERREL Alexandre
1733 Rendez-vous sur ma tombe
1749 Le témoin est à la noce
(Prix du Roman d'Aventures 1984)
1757 La morte à la fenêtre
1777 L'homme qui ne voulait pas tuer
1792 Le croque-mort de ma vie
1801 Le croque-mort s'en va-t-en bière
1822 Le croque-mort et les morts vivants
1867 Le croque-mort et sa veuve
1925 Le croque-mort a croqué la pomme
1997 Le croque-mort s'en mord les doigts
(mars 90)

UNDERWOOD Michaël
1817 Trop mort pour être honnête
1842 A ne pas tuer avec des pincettes

VARGAS Fred
1827 Les jeux de l'amour et de la mort
(Prix du Festival de Cognac 1986)

Le Club des Masques

BARNARD Robert
535 Du sang bleu sur les mains
557 Fils à maman

CASSELLS John
465 Solo pour une chanteuse

CHRISTIE Agatha
(86 titres parus, voir catalogue général)

DIDELOT Francis
524 La loi du talion
488 Le double hallali

ENDRÈBE Maurice Bernard
543 Gondoles pour le cimetière

EXBRAYAT
(96 titres parus, voir catalogue général)

FERRIÈRE Jean-Pierre
515 Cadavres en vacances
536 Cadavres en goguette

FOLEY Rae
527 Requiem pour un amour perdu

HINXMAN Margaret
542 Le cadavre de 19 h 32 entre en gare

KRUGER Paul
513 Brelan de femmes

LONG Manning
519 Noël à l'arsenic
529 Pas d'émotions pour Madame

SALVA Pierre
503 Le trou du diable

SIMPSON Dorothy
533 Le chat de la voisine

STEEMAN Stanislas-André
586 L'assassin habite au 21
587 Six hommes morts
588 Le condamné meurt à 5 heures
589 Légitime défense (Quai des Orfèvres)
590 Le trajet de la foudre
592 La nuit du 12 au 13
594 Le mannequin assassiné *(mars 90)*
596 Un dans trois *(mai 90)*

THOMSON June
521 La Mariette est de sortie
532 Champignons vénéneux

UNDERWOOD Michaël
531 La main de ma femme
538 La déesse de la mort

Liste alphabétique complète des

Romans d'Agatha Christie

(Masque et Club des Masques)

	Masque	Club des masques
A.B.C. contre Poirot	263	296
L'affaire Prothéro	114	36
A l'hôtel Bertram	951	104
Allô ! Hercule Poirot?	1175	284
Associés contre le crime	1219	244
Le bal de la victoire	1655	561
Cartes sur table	275	364
Le chat et les pigeons	684	26
Le cheval à bascule	1509	514
Le cheval pâle	774	64
Christmas Pudding		42
(Dans le Masque : Le retour d'Hercule Poirot)		
Cinq heures vingt-cinq	190	168
Cinq petits cochons	346	66
Le club du mardi continue	938	48
Le couteau sur la nuque	197	135
Le crime de l'Orient-Express	169	337
Le crime du golf	118	265
Le crime est notre affaire	1221	288
La dernière énigme	1591	530
Destination inconnue	526	58
Dix brèves rencontres	1723	578
Dix petits nègres	299	402
Drame en trois actes	366	192
Les écuries d'Augias	913	72
Les enquêtes d'Hercule Poirot	1014	96
La fête du potiron	1151	174
Le flambeau	1882	584
Le flux et le reflux	385	235
L'heure zéro	349	439
L'homme au complet marron	69	124
Les indiscrétions d'Hercule Poirot	475	142
Je ne suis pas coupable	328	22
Jeux de glaces	442	78
La maison biscornue	394	16
La maison du péril	157	152
Le major parlait trop	889	108
Marple, Poirot, Pyne et les autres	1832	583
Meurtre au champagne	342	449
Le meurtre de Roger Ackroyd	1	415
Meurtre en Mésopotamie	283	28
Le miroir du mort		94
(dans le Masque : Poirot résout trois énigmes)		

	Masque	Club des masques
Le miroir se brisa	815	3
Miss Marple au club du mardi	937	46
Mon petit doigt m'a dit	1115	201
La mort dans les nuages	218	128
La mort n'est pas une fin	511	90
Mort sur le Nil	329	82
Mr Brown	100	68
Mr Parker Pyne	977	117
Mr Quinn en voyage	1051	144
Mrs Mac Ginty est morte	458	24
Le mystère de Listerdale	807	60
La mystérieuse affaire de Styles	106	100
Le mystérieux Mr Quinn	1045	138
N ou M?	353	32
Némésis	1249	253
Le Noël d'Hercule Poirot	334	308
La nuit qui ne finit pas	1094	161
Passager pour Francfort	1321	483
Les pendules	853	50
Pension Vanilos	555	62
La plume empoisonnée	371	34
Poirot joue le jeu	579	184
Poirot quitte la scène	1561	504
Poirot résout trois énigmes	714	
(Dans le Club : Le miroir du mort)		
Pourquoi pas Evans?	241	9
Les quatre	134	30
Rendez-vous à Bagdad	430	11
Rendez-vous avec la mort	420	52
Le retour d'Hercule Poirot	745	
(Dans le Club : Christmas Pudding)		
Le secret de Chimneys	126	218
Les sept cadrans	44	56
Témoin à charge	1084	210
Témoin indésirable	651	2
Témoin muet	377	54
Le train bleu	122	4
Le train de 16 h 50	628	44
Les travaux d'Hercule	912	70
Trois souris...	1786	582
La troisième fille	1000	112
Un cadavre dans la bibliothèque	337	38
Un deux trois	359	[illegible]
Une mémoire d'éléphant	1420	469
Un meurtre est-il facile?	564	13
Un meurtre sera commis le...	400	83
Une poignée de seigle	500	40
Le vallon	361	374
Les vacances d'Hercule Poirot	351	275

Les Reines du Crime

Nouvelles venues ou spécialistes incontestées, les grandes dames du roman policier dans leurs meilleures œuvres.

BLACKMON Anita
1912 On assassine au Richelieu
1956 On assassine au Mont-Lebeau

BRAND Christianna
1877 Narcose
1920 Vous perdez la tête

CANNAN Joanna
1820 Elle nous empoisonne

CHRISTIE Agatha
(86 titres parus, voir catalogue général)

CURTISS Ursula
1974 La guêpe

DISNEY Dorothy C.
1937 Carnaval

DISNEY D.C. & PERRY G.
1961 Des orchidées pour Jenny

EBERHARDT Mignon
1825 Ouragan

GOSLING Paula
1971 Trois petits singes et puis s'en vont
1999 L'arnaque n'est plus ce qu'elle était *(mars 90)*

KALLEN Lucille
1816 Greenfield connaît la musique
1836 Quand la souris n'est pas là...

LEE Gypsy Rose
1893 Mort aux femmes nues
1918 Madame mère et le macchabée

LE FAUCONNIER Janine
1639 Le grain de sable
1915 Faculté de meurtres *(Prix du Festival de Cognac 1988)*

LONG Manning
1831 On a tué mon amant
1844 L'ai-je bien descendue?
1988 Aucun délai

McCLOY Helen
1841 En scène pour la mort
1855 La vérité qui tue

McGERR Pat
1903 Ta tante a tué

McMULLEN Mary
1921 Un corps étranger

MILLAR Margaret
723 Son dernier rôle
1845 La femme de sa mort
1896 Un air qui tue
1909 Mortellement vôtre
1982 Les murs écoutent
1994 Rendons le mal pour le mal *(fév. 90)*
1996 Des yeux plein la tête *(mars 90)*
2010 Un doigt de folie *(mai 90)*

MOYES Patricia
1824 La dernière marche
1856 Qui a peur de Simon Warwick?
1865 La mort en six lettres
1914 Thé, cyanure et sympathie

NATSUKI Shizuko
1861 Meurtre au mont Fuji
1959 La promesse de l'ombre *(Prix du Roman d'Aventures 1989)*

NIELSEN Helen
1873 Pas de fleurs d'oranger

RADLEY Sheila
1977 Trois témoins qui lui voulaient du bien

RENDELL Ruth
1451 Qui a tué Charlie Hatton?
1501 Fantasmes
1521 Le pasteur détective
1563 L'enveloppe mauve *(mai 90)*
1582 Ces choses-là ne se font pas
1616 Reviens-moi
1629 La banque ferme à midi
1649 Le lac des ténèbres
1718 La fille qui venait de loin
1815 Morts croisées
1951 Une amie qui vous veut du bien
1965 La danse de Salomé

1978 La police conduit le deuil
1989 La maison de la mort
2000 Le jeune homme et la mort *(mars 90)*
2015 Meurtre indexé *(juin 90)*

RICE Craig
1835 Maman déteste la police
1862 Justus, Malone & Co
1870 Malone et le cadavre en fuite
1881 Malone est à la noce
1899 Malone cherche le 114
1924 Malone quitte Chicago
1962 Malone met le nain au violon

RUTLEDGE Nancy
1830 La femme de César

SEELEY Mabel
1871 D'autres chats à fouetter
1885 Il siffle dans l'ombre

SIMPSON Dorothy
1852 Feu le mari de madame

THOMSON June
1781 L'ombre du traitre
1857 Finch se jette à l'eau
1886 Plus rude sera la chute
1900 Sous les ponts de Wynford
1948 Dans la plus stricte intimité
1995 Hamlet or not Hamlet *(fév. 90)*

YORKE Margaret
1958 Morte et pas fâchée de l'être

IMPRIMÉ EN FRANCE PAR BRODARD ET TAUPIN
Usine de La Flèche (Sarthe).
ISBN : 2 - 7024 - 0108 - 2
ISSN : 0768 - 0384

H 31/0165/5